蘇榮超—————著
Wing Chiu Soo

馬尼拉，
凝望之外的驚喜

Manila, a Surprise beyond the Gaze

星星與螢火蟲的混血兒

白靈

　　詩是文學中流動性最高、彈性最大、創造性最豐富的語言，但在翻譯時卻也最易流失其原味，菲華翻譯家施穎洲曾說他每譯一首詩都要琢磨一個月以上，語言轉譯之艱難可見一斑。對詩人來說，當他要從一種語言轉換到另一種語言去創作時，他面對的其實比轉換國籍或宗教信仰更為艱難，這是移民異國之詩作者必得面對的課題。而從熟悉的母國文化主題轉向去書寫異國文化風俗、政經史地等題材時，其視野和心境的轉換，恐也要經歷一番掙扎和折磨吧？

　　作為文學創作者，常不得不選擇強勢語言或從小生長的母語或受教時的語言，如菲國國父黎剎（1861-1896）以西班牙語創作〈我的訣別〉，這與西班牙占領菲島三百多年（1565-1898）當然有關，但如今菲人已棄西語而就英語，也與美國占領過菲國（1898-1946，二戰時日本也短暫占領過），且英語已成世界語言有涉。菲國從語言到宗教，到文化，到政經風俗，乃至人種血統各領域都高度融合了西

方與東方，生活在如此複雜國度的華裔詩人心境應也是極其複雜的吧？幾百年來華人流散到全世界的人口多達六千萬，多數集中在東南亞，以印尼、泰、馬、新為主，超過三千萬，在菲只有百多萬人，占人口比僅百分之一點二。進入美、加、西歐的多數棄了中文，在東南亞反而大多守著華語不放，顯現了母國與移民國國力強弱之別。

原籍閩南，一九六二年出生於香港的蘇榮超因十三歲才到菲國，中文是他的母語，雖在菲長達四十餘年，試圖融入菲國文化是他不可逆的命運，這也成了他「現實我」與「創作我」常常爭論不休的紛擾之地。他二〇二一年出版的詩集《奶與茶的一次偶然》多寫日常生活中的喜怒哀樂或生老病死，涉及母國的詩作至少有〈廣州三題〉、〈圓明新園〉、〈珠海漁女〉、〈魚的申訴─致屈原〉、〈茶葉‧蛋〉、〈中國結〉、〈紹興三題〉等，由題目即可知其對母國文化歷史地理的關切，也是鄉愁的寄託。但關於菲國的題材也有〈盆栽仙人掌─記千島傳奇〉、〈銅像─記慰安婦的心事〉、〈當思念被歲月阻隔─海外菲傭的心聲〉、〈隱祕谷─記 hidden valley 之旅〉、〈一場人類與病毒的爭分奪秒─馬尼拉封城後三日〉等詩，既有不離自己出生背景、母國文化傳統的創作，又容納了遠離這個傳統來到邊緣地帶的菲國生活的內容，顯然試圖在二者之間取得平衡。

但時隔不到兩年，這本更新的詩集則大大不同，強烈地突顯了在地性、本土性，除了附錄寫母國文化二十四節氣的詩作外，他把菲國從風俗民情、食衣住行，以至文化歷史近代人物等等均納入筆下，幾占了全書百分之百。光從詩題〈halohalo〉、〈鴨仔胎〉、〈吉普尼〉、〈王城〉、〈炸香蕉〉、〈拉布拉布〉、〈斯朗女將軍〉、〈博尼法西奧〉、〈南洋珍珠〉、〈黑拿撒勒迎神賽會〉、〈阿替阿替漢〉、〈血之同盟〉、〈馬利金納谷〉、〈克婁巴特拉之死〉、〈塔爾火山〉、〈Bahala na〉、〈Mano po〉、〈阿多波〉（Adobo）、〈蘇曼〉〈愛妮島〉……等等，無不帶有強烈異國南洋色彩，極易引人好奇，但要以詩呈現，豈是容易？

　　幸好蘇榮超此種試驗，大致允當，有部分詩作極為成功，有部分紀錄性強，但所有詩作的底蘊都在強烈展現菲國人民不屈不撓的抗爭精神，從風俗、人物、宗教、食衣住行均如此。抗爭不了時，就融混敵人消化強權，化有形為無形。因為殖民帝國的「好時光總有耗盡的一日／正如黑暗也將枯竭」，時間就是最有利的武器，以至「包括絆倒你的那塊石頭」末了都「將被處置」（〈斯朗女將軍〉）。因此連菲國今日的國歌都難忘多達四百多年的殖民奇恥史：「神聖的土地，英雄的搖籃／對於那侵略者，你永遠不屈服。／……光榮的土地，親愛的太陽，／在你的懷抱裡，

我們歡樂無邊；／如果祖國受入侵，我們會以為你犧牲為榮。」〔〈親愛的土地〉（Lupang Hinirang），胡連・菲立佩（Julian Felipe, 1861-1944）作曲，何塞・帕爾馬（José Palma, 1876-1903）於獨立前即作的詞〕而蘇榮超在同名〈親愛的土地〉詩中則說：「對於侵略和破壞不可折服／就算壓力已經到達山岳和峰頂」，山峰壓頂仍不肯折服，何其難也！此詩語也總結了菲國多少英雄人物數百年的不屈精神。

　　這本詩集也因此形成了與他上本詩集，乃至與其他菲華詩人書寫內容更大的區隔。此種嘗試，不僅挑戰性極大，若譯成菲國語言或英文，更可與菲國詩人去一較長短。書中所寫，並不是觀光客式的遊覽眼光，而是作為一位在地庶民長年的觀察和記錄。有趣的是，上本詩集《奶與茶的一次偶然》分輯由第零輯至第六輯，此詩集則仍按常規由輯一起算，大有將母國先來個「歸零」的暗喻。他的後代之本土化成為菲國道地子民已是意料中事了，一如由宋代即有華人移民逐步融入菲國的現象，成為菲國政商階層極重要血統基因的一部分，他的詩可視做是先向蟄居數十年的菲國土地認同與感謝的一種表徵。

　　而因菲國本身就混融了東西方及多種民族包含馬來、西班牙、美、日、華人等的文化、宗教和語言乃至人種，

呈現了強勢和弱勢文化彼此長期對抗和消長融合的各種過程及痕跡，其色彩之繽紛，真令人目不暇給，光看此集之目錄，即可略窺一二。誠如作者的第一首詩〈Halo Halo〉所昭告的，等於此詩集的宣言，首段說：

> 紅橙黃綠藍紫靛
> 閃耀的情緣
> 一起攪拌著我們逐漸清晰的夢
> 親愛的，視覺已然
> 暈眩
> 當味蕾綻放春天
> 繁花便不會感到寂寞

此詩附註說「Halo Halo」是混合甜豆、果凍，包括鷹嘴豆、紅豆、牛奶布丁以及碎冰，最後淋上鮮奶和冰淇淋等甜點，光視覺就令人「暈眩」，色彩繽紛是最大特色，因此 Halo Halo 菲律賓語有「混合在一起」之意。而能如此若無「情緣」也不可能發生，由視覺的多元再到入口的味覺、嗅覺的豐富使「味蕾綻放春天」，身為其中一員自有參與感。詩的後半說：

混合，體驗著彼此的詩意

和甜蜜時光

另一類七彩文化

便悄悄的滋長並且延伸

　　混合是要適應的，須體驗「彼此的詩意和甜蜜時光」，了解形成此食物「七彩文化」的複雜原因，背後定有漫長的發展史和豐富的故事。蘇榮超以此詩當整本詩集的開端，正預示此書的意圖和走向。於是食物史、衣服史、建築史、工具史和歷史人物的多元相撞才造就了菲律賓文化的繁花盛景，作者試圖以詩切入，將其七彩繽紛以語言折射出來，也成了這本詩集最大的特色。另一首〈混血兒〉首段說能「打開人體封閉密碼」，是因「用一把愛慕的鑰匙」，接著說：

混合兩種色彩

超越語言和真相的完美組合

既是粗獷也是柔情

既有冷落也有繁盛

眾神饒有興致的

看著人間一場經典

黏土在火焰中互相緊抱、熔化

遺忘與寧靜不復存在

　　混合的過程有強弱對比，有抵抗，有不從，是非常自然的事，但真相如何往往不可考，已「超越語言和真相」卻因對比太大使「混血兒」的結果超乎想像，經常形成「完美組合」，比如菲律賓佳麗是國際選美大賽常勝軍，至今共四位佳麗奪得環球小姐（Miss Universe）冠軍，包括中菲、菲美、菲澳的混血兒，這豈不成了上帝愛看的「人間一場經典」，而如「黏土在火焰中互相緊抱、熔化」，再不可能拉開，既不能「遺忘」也難回復「寧靜」，再也回不到原初了。

　　這些「Halo Halo」（混合在一起）的發生，與地球氣候和人性本來就有著神祕的連結，一切都肇因於菲律賓是西方先進文明與落後的東方世界相撞極為激烈之地。西人多處北方寒帶，物質匱乏，人凶猛好戰，遊牧搶奪成性。菲人所在的南方熱，物質豐產，人慵懶溫順，自由鬆散成癖。於是近代所有帝國主義無不由北緯四十度以上（長城以北）的國家蜂擁南侵，殖民全世界，掠地割據自肥，遂成就所謂西方第一世界的文明和富庶，除了西歐和北美諸國，也包括日、澳、紐、加，和南非等已工業化的資本主

義國家，除日本外，全是雅利安民族白人的天下。菲律賓比中國還南方，自然逃脫不了這種被殖民蹂躪的命運。

占領過菲島近四百年的西班牙對菲律賓影響最大，包括宗教、文化、語言和政經典章等，菲人大概是東南亞諸國中從外貌到文化最具東西融合特色的，人口的百分之九十二信了基督，其中百分之八十一屬羅馬天主教，百分之十一歸基督新教，這其中就充滿了棒子與胡蘿蔔的強制甚至激烈手段。華人移民史也因信仰或多種原因，數百年間遭驅逐或集體屠殺的事件層出不窮，而這些也造成了菲人、華人、西方人複雜的政治經濟社會關係，蘇氏所書寫的菲人抗爭史中的人物，很多都有華人乃至西方人的血統即是此因。他的〈黎剎公園〉以昔刺今，有諷有批判：

　　已經佇立了 109 年
　　從跌倒到爬起也虛度了許多光陰
　　肌肉有點酸痛　更痛的是
　　富強只剩下一堆虛擬
　　美麗了的椰林在左邊搔首
　　金色了的雲霞在右邊弄姿
　　動態的落日和海風將景色吹噓成
　　一幅仙境

而近處中國園林式的設計
還在為公家的天下廉恥禮義一番
更吸睛的卻是池塘裡
那對懶散的游蕩

3497 棵綠色環保了 54 公頃
邊框外，黑色依然肆虐了無辜的鼻子和
無法關閉的過濾設備
歡樂與不知名顆粒在天空懸浮
生命自顧自在兩個人間穿梭、漂流

當夜漸漸潛近
7107 個島嶼卻不能自已的同時
噴出一連串韻律齊整的
花朵
把整張暮色潑濕

　　此詩比另一首他寫人物的〈荷西・黎剎〉（José Rizal, 1861-1896）結構更完整、更精彩，雖未直寫人物，卻哀英雄已遠，當年眾多可泣可歌的事件並未給後世一些

警惕，百年來「虛度了許多光陰」、「富強只剩下一堆虛擬」，為政者只把「景色吹噓成一幅仙境」，人民「懶散的游蕩」仍如池裡鵝鴨。黎剎公園（Rizal Park）位於市中心，面對馬尼拉灣，是居民休憩之地，但人民仍在公園的清新和市容及疫情肆虐的惡劣環境之間穿梭，彷彿活在「兩個人間」。公園中央豎立獨立運動英雄荷西・黎剎的銅像，東邊人工池內放置菲律賓七千一百零七個島嶼模型，噴水如花四濺，美誠美矣，卻與菲國當下政經現實有極大落差，詩人不明說，以景作結，只說水花「把整張暮色潑濕」，呼應了首段「椰林在左邊搔首」、「雲霞在右邊弄姿」兩可，留給讀者甚大想像空間。

有部分華人基因的〈荷西・黎剎〉則寫年輕的他只是為所當為，批判暴政，反抗西班牙，以詩和小說表達他的憤慨和警醒國人，死時並不知日後會獲得「菲律賓國父」的美譽，當年面對強權只有無限孤獨和感慨：

看強悍如何將矛盾和起伏
混淆成細微的孤獨

撫摸著歷史　剛好是 12 月 30 日
好事者把這天叫「黎剎日」

他死時是一八九六年十二月三十日，兩年後的
一八九八年菲律賓脫離西班牙統治，卻又被以二千萬美金
賣給了美國，仍淪為帝國手中的玩物。

　　他的〈馬尼拉海洋公園〉很能代表第三世界國家成為
帝國「玩物」的心理狀態，也充滿自身離開母國文化後的
落寞心境：

　　　　一條藍色的彎曲水道
　　　　豢養著無數瑰麗和深情
　　　　每個視野都能審閱
　　　　內心的依戀
　　　　早已習慣了流動漂移
　　　　在廣闊的無垠

　　　　當大片海水相繼失守
　　　　仰望天空，已沒有了飛翔的樂園
　　　　感知的敏銳在常態中
　　　　逐漸流失
　　　　而甲鱗在沾滿日光燈後
　　　　發不出聲響
　　　　只能以俯視的姿勢仰望

虛偽的山澗水流

水的固態依舊沒有歧義
我們在束縛的自由中
快樂地悲哀著

　　首段寫海洋生物被關入生物館成為豢養物後只能在固定水道游動的失落感，二段寫原先的能力和身體光澤喪失後的無奈，三段寫海洋公園的安全和束縛，只能「快樂地悲哀著」，其景況與當年被殖民的情狀無異。

　　蘇榮超描述的歷史人物多數是不同種族的「混血兒」，透過他的詩筆，菲國的血淚史得重現眼前。如八十四歲被逮發配關島，九十一歲重返馬尼拉仍要繼續反西的〈蘇拉姥姥〉（Tandang Sora, 1812-1919），一生從不喪志，「你知道所有的結束／都將是開始」，才能活到一百零七歲。往前一百多年的〈斯朗女將軍〉（Gabriela Silang, 1731-1763）信奉「一切的抗拒和思考都是基於／靈魂深沉的解脫和釋放」，最後也被處決。原來沒有什麼是容易的，西班牙殖民史即是菲律賓人民爭取獨立的抗爭史，「一條只能通向自由的路／太過美好便不復存在」，被譽為「菲律賓革命之父」的安德烈・博尼法西奧（Andrés Bonifacio,

1863-1897）還因革命陣營內鬨被自己昔日戰友阿奎那多
（Emilio Aguinaldo y Famy, 1869-1964）處決，日後菲國能
獨立豈是容易？

　　最具有諷刺意味和藝術趣味的是菲律賓畫家胡安‧
盧納（Juan Luna, 1857-1899）於一八八六年在巴黎完成的
歷史題材大型油畫《血之同盟》（*The Blood Compact*），
取材於一五六五年由登陸菲律賓的西班牙征服者萊加斯皮
（Miguel Lopez de Legaspi），與當地酋長西卡杜納（Rajah
Sikatuna）締結的盟約。此畫描述兩人為友情與信賴做見
證，他們將彼此的血混入葡萄酒中對飲，卻成為菲國淪為
西班牙殖民地的起點（1565-1898），極具諷刺性。其後此
畫被不同畫家一而再、再而三以各式畫風展現，有立體派
的、印象派的、寫實風的，如維森特‧馬南薩拉（Vicente
Manansala, 1962）、羅密歐‧博爾哈‧恩里克斯（Romeo
Borja Enriquez, 1966）、華尼托‧托雷斯（Juanito Torres,
2013）、朗森‧庫利布里納（Ronson Culibrina, 2015）、
艾伯特‧R‧馬爾坎波（Alberto R. Malcampo, 2020）等，
還塑成「歃血為盟紀念碑」作為世間最不可思議的盟約紀
念，蘇榮超〈血之同盟〉則以胡安‧盧納的此畫為書寫題
材，詩中說：

誓約只是放大了的謊言
就像軌道上那場風雨
我們都是被操控的無知者

　　強權如風雨來襲，心懷鬼胎，弱勢者無知，任人強取
豪奪，所謂「血盟」全是幌子，深刻地警醒了往後世人。
　　即使在食物中，作者都隱約表現了菲人抗爭的影子，
如〈阿多波〉（Adobo）：

不管如何翻身
都逃不開被碾壓的命運
而優雅，不過是瞬間

那些浮現的又被淹沒
等待著另一場為所欲為的
風光

　　阿多波是菲律賓流行的一道菜餚，食材以雞肉或豬
肉加醋、醬油、大蒜、黑胡椒粉、月桂葉等調味並「醃
製」。而醃製即是用時間消融血跡產生新味道的方式。
另一道用豬內臟、豬血和香料製成的菜餚〈燉豬血〉

（Dinuguan）有相似意象：

魔鬼的血盆正為神祕的夜
添加虛假意象

醞釀著一鍋死神之吻

這道經典菲律賓小吃使用豬血，據說味道濃郁鮮美，
更隱喻了前引《血之同盟》油畫與詩中西班牙人誆騙了菲
人的「死神之吻」。

而蘇榮超在菲國打滾數十年，仍與母國文化中國在菲
國的痕跡脫離不了干係，如〈王彬街十題〉寫的這兩則：

2〈中藥店〉
抓一帖鄉土
醫兩三閒愁
太多的感情和當歸
歲月三碗煎兩碗

6〈中國結〉
糾纏不休的舊夢

開遍異鄉

站成一道秀麗江山

誰人可解

　　「當歸」而歸不得，「開遍異鄉」的「舊夢」無人可解，只能於「商務之餘遊走於現實與神話的邊緣」，「雖卑微卻堅持以詩之名映照大地，守候人間的破碎」（見作者簡介）。

　　實則他深怕自己會如海洋生物館的魚類，「大片海水相繼失守」，讓「感知的敏銳」「逐漸流失」，「甲鱗在沾滿日光燈後／發不出聲響」（〈馬尼拉海洋公園〉），其背後是一種深刻的「失土感」，他終究還能借此說彼，將之折射為菲國數百年淪為殖民地的哀痛和悲憤，也藉這本詩集反映出自身和面對母國歸不得的處境，當他說：「在每個孤寂日子裡，詩，是生活中不可分割的影子，時刻陪伴身旁，讓每次回眸都充滿彈性的喜悅」，他是既欣喜有詩誕生相陪，詩的底層其實是遊子的孤寂。

　　他在第一本詩集中曾說〈螢火蟲〉會「偽裝成為星星／在夜空中／發放光芒／一隻隻謊言／飄來飄去」，「血之同盟」就是西人許菲人以「星星」，給的卻是「螢火蟲」的第一個謊言，但終究西菲互融相混數百年，已難辨何者

是星、何者是螢了。他知道往後菲華人士終將滑入「星星與螢火蟲混血兒」般的大熔爐中，也成為東西方或北方與南方相擊相混之「七彩文化」或「Halo Halo」（混合一起）的一小部分。而在那之前，他仍要奮力揮灑，將自己的心境透過他原有母國的語言「站成一道秀麗江山」，此詩集即這道江山繽紛多彩的具體呈現。

白靈，本名莊祖煌，祖籍福建惠安，生於臺北艋舺。已自臺北科技大學化工系教職退休，現任東吳大學中文系兼任副教授。曾任年度詩選編委、《臺灣詩學》季刊主編，作品曾獲中山文藝獎、國家文藝獎、新詩金典獎等十餘項。創辦「詩的聲光」，推廣詩的另類展演形式。著有詩集《女人與玻璃的幾種關係》、《五行詩及其手稿》、《白靈截句》、《瘟神占領的城市》等共十六種（含童詩集），及散文集三種、詩論集《一首詩的玩法》、《新詩跨領域現象》等九種，主編《中華現代文學大系（貳）詩卷》、《新詩三十家》、《不枯萎的鐘聲：2019年臉書截句選》等三十餘種。建置個人網頁「白靈文學船」、「乒乓詩」、「無臉男女之布演臺灣」等十二種。

從Halo Halo到Mano Po[1]：
驚喜的重現與傳統的再創

侯建州

　　菲華詩人蘇榮超這部詩集名為《馬尼拉，凝望之外的
驚喜》，鮮明地把「馬尼拉」這座故事豐富、性格複雜，
菲律賓最熱鬧、人口最多、最重要的城市，也是菲律賓中
央政府所在的國家首都拈出，置入書名之首，不難發現詩
人清楚意識到自己的創作位置與意圖。相較於某些論述與
氛圍引導生產的菲華「懷鄉」文學中，這部主要以回歸現
實，肯認在地生活的詩集，格外令人眼為之明，值得重視
且重讀。

　　鏡子（mirror）與奇蹟（miracle）的英文都源自拉丁
文動詞 mirari，原意是「注視」，進而引申為奇蹟之意。
不難想像，當人類初次看見並認出自己面貌的影像時，那
份訝異與驚喜無異於目睹奇蹟。這種注視與驚喜可謂是相
生相成。然而，榮超此詩集的標題使用的是「凝望」，與

---

[1] Mano po是菲律賓文化中作為對長者的尊重和請求長者祝福的一種方式，
與親吻類似。將額頭按在長者的手背上，在米沙鄢（Visayas）該手勢稱
為Amin。

「注視」相近，卻多了點距離。但回歸其標題，卻是「凝望之外」，有了「凝望之外」的思量，可以推知這是作者在後設反思自身創作位置與「馬尼拉」的距離之後的返斯之作。從反思至返斯，觀照的不是純然的他者，而是我在其中的種種，自然也含納了或長或短的間隔與距離，詩寫的不只是一種知識，更是一種姿勢。由知而姿，轉識成勢，是一種身心靈投入的過程，牽動的是創作的位置與態度，認同的安置與歸處。關涉不同文化相遇時的心意與新意，放大格局思考，其中「馬尼拉」的指涉可以視為「菲律賓」這個國家，但是以「馬尼拉」為中心出發的觀照。而「驚喜」的感受可謂是源於作者對於自身知識與姿勢調整由反思至返斯，重新界定自己與此環境氛圍的間隔與距離，由其外而其中。簡言之，可以說是一種「成為菲律賓人」的書寫實驗與實踐。

如斯的華文現代詩寫實驗與實踐，蘇榮超並非橫空出世、孤明獨發，而是前有所承。其中最重要的一位就是由臺灣移居菲律賓的菲華詩人謝馨（1938-2021）。事實上，只要從頭閱讀這部詩集，就可以辨識其中的啟發線索與連結軌跡。從本部詩集輯一的第一首詩〈Halo Halo〉開始，明眼人馬上能認出與謝馨的名作〈Halo Halo〉同名，之後的〈手抓飯〉、〈鴨仔胎〉、〈鬥雞〉、〈混血

兒〉、〈吉普尼〉、〈華僑義山〉……，到輯二的〈拉布拉布〉、〈蘇拉姥姥〉、〈斯朗女將軍〉……，輯三的〈椰子宮〉、〈文化中心〉、〈南洋珍珠〉、〈海螺〉……，輯四的〈阿替阿替漢〉、〈榴槤〉……，等等，都與謝馨的力作，有了詩寫主題的典範模習。這種大規模回歸現實，肯認在地風土與生活的菲華詩寫，不但豐富了菲華文學，也豐厚了菲律賓文學，更厚實開展了華語語系文學文化。謝馨其人其作絕對是菲華文學史、菲律賓文學史、華語語系文學史上的關鍵與經典，也叫人難忘初讀時的驚喜。事實上，菲華詩人吳天霽曾在一九八五年的「菲華文學的困境與突破」座談會中，指出相對於先前完全受臺灣現代詩的引導與影響，在菲華文藝復興後，菲華現代詩開始有自己的風格，若將時序往前推，與菲律賓結緣甚深的臺灣作家張放（1932-2013）也曾在菲律賓耕園、辛墾、千島所主持的座談會上，提倡菲華作家走出唐人街，走出華人區。謝馨就是當時菲華詩人中最早勇於捐棄文化窠臼，突破刻板印象與種族藩籬，將自己融入地方風土人情，以華文詩寫在地風土人情的前鋒先行詩人。而〈Halo Halo〉也是謝馨在二〇一三年以華語詩作榮獲菲律賓的最高文學獎〔由菲律賓作家聯盟（UMPIL）頒發描轆杳斯文學獎（Gawad Pambansang Alagad ni Balagtas）〕，成為第一位

以華文詩寫獲得此獎的女性後，出版華、英、菲三語詩集
《哈露・哈露　菲島詩情》（HALO-HALO Poems of the
Philippines）的詩集名，並置其於整部詩集之首，可見此
詩對於其寫作有獨特意義與位置。實際上，〈Halo Halo〉
首次收錄於一九九〇年臺灣出版的謝馨第一本漢英對照詩
集《說給花聽》，三十三年過去，時移世易，這首詩仍舊
歷久彌新，散發著馨香，不只是用菲語 Halo Halo 綰合具
象與抽象為華語詩寫主題的創意與創見；也不僅是此詩詞
彙、句法、氛圍的活潑多姿、伸縮自如、跌宕迴旋；也不
僅是其跨越族群、語言的隔閡的氣魄與胸襟，以文藝多面
向溝通的創意與遠見，而是整全以上超越時代亦創造時代
的精神。筆者曾為文指出謝馨其人、其詩在全球華語語系
文學文化中的獨特位置與貢獻，Halo Halo 當然是其中的一
個重點，直接將菲國國語（Tagalog）的語言和文化精神作
為核心，進行華文詩寫的標題與詮釋，本身就是一種跨文
化跨語際的實踐，在當時的菲華現代詩壇可謂開風氣之先。
蘇榮超挑戰此經典詩題，並將此同題詩作置於詩集輯一之
首，勇氣可嘉也有薪／馨火相傳的意味，亦可視為突顯菲
華現代詩傳統與脈絡的致敬之舉。筆者在序中就先不就此
題詩作進行評騭比較，交由各位讀者自行閱讀比較，日後
再專文進行細究。然而，對照蘇榮超整部詩集的題材選擇

方向，筆者以為此舉是致敬也是祈福，就是菲律賓文化中的「Mano po」，蘇榮超也在詩集中以「Mano po」為題進行書寫，這首詩作也是筆者目前所知全球華語語系第一首以此為名為主題的詩作，在這本詩作的選題方向脈絡中別具意義：

尊敬來自於虔誠，屬於一顆心的
從十六世紀到自由民主
人們仍然使用額頭和手背來表達

在一天中第一次相見
或進入聚會時
沒有年齡、性別限制
通常在兩代以上的人身上
持續練習
直至時間蒼老煙火沉寂
愛戴的禮儀仍在空氣和髮梢之間晃動
一代接一代的延續下去

屬於推重和崇敬，一種行為

此詩一樣以菲國國語（Tagalog）的語言和文化精神作為核心，進行華文詩寫的標題與詮釋。一如謝馨在八〇年代將 Halo Halo 作為標題與內容，進行地方知識跨語際書寫的文化轉譯。地方知識在於建構一種「意義結構」，使個人或眾多個人所構成的群體藉以活出他們的生活方式：

　　透過這種認知可以將自我知識、自我覺知（self-perception）、自我理解的過程與他人的知識、他人的覺知和他人的理解焊接起來，從而確認，或說是辨明我們是什麼樣的人，而我們周圍的人又是什麼樣的人。[1]

　　梅洛－龐蒂（Merleau-Ponty）說：「我觀照的領域經常充斥著色彩的嬉戲、聲音，以及即將逃逝的觸感。」感官敏銳，就是因為要感知「他者」。所謂他者，就是人所在之處的種種物象，不論是自然或人文，風土或人情。哲人如是，詩人更如是，在各種感覺的湧動中交織自己的關照與意識為詩。在我看來，不論是以 Halo Halo 或 Mano po 為主題書寫，都是一種從地方知識出發的跨語際文學人類學實踐。人類學家克利弗德‧紀爾茲（Clifford Geertz）

---

[1]　[美]克利弗德‧紀爾茲著，楊德睿譯：《地方知識：詮釋人類學論文集》（臺北：麥田出版社，2007），頁249。

認為地方知識（Local knowledge）呈現了文化的多樣性、特殊性，其突顯的「地方性」不僅在於空間、時間、階級、事件、文化與宗教等，更是在於其腔調—對於所發生之事實賦予一種地方通俗的定性。換言之，一個地方知識的成形必須具備地方腔調（地方特色）並與當地人的想像能力和集體記憶相互連繫，進而達成一種「約定成俗」的地方想像。若從後設的觀點思考，這些自地方風土長出的地方知識，也是菲律賓華語語系創作者在全球華語語系創作的利基，因為敞開心扉，真誠地吸納地方風土的力量與滋養，讓自己的創作有了別於他處的資源與樣貌。這種以華文書寫建構菲律賓地方知識的參與，不但豐富了菲律賓的文化，也豐富了全球華語語系的內容，也讓書寫者成為真正在地的菲律賓華人，而不只是住在菲律賓的華人。就筆者觀之，蘇榮超這部詩集的方向，就是對謝馨的 Mano po，對菲律賓地方知識的 Mano po，當然也是對書寫菲律賓地方知識的菲華文學 Mano po。

當然，這絕對不是說榮超這部詩集的詩作，沒有自己的創意與突破。事實上，與厲害的詩人寫同樣的題目或主題，固然是致敬，同時更是挑戰，對前行者與自己都是。同題競作大多承前人名篇佳作之後，故往往以創新變化爭勝。有創作經驗者皆知開發創意，後起難繼。不過，蘇榮

超的個性、際遇、品味與思考都與謝馨大相逕庭,對於同一主題的處理手法,顯然也有所別異。然而,創作最忌千人一面,千篇一律的作品讀來又有何樂趣?所以,蘇榮超的同題競作,也努力在同一主題中唱出自己的聲嗓。實際上,即便是完全相同的主題,蘇榮超在詩題的翻譯也企圖有所變異。例如也是謝馨率先在華語語系詩作中開發的題材〈蘇芮姥姥〉、〈席朗女將軍〉、〈阿狄阿狄罕〉,榮超的題名就改成〈蘇拉姥姥〉、〈斯朗女將軍〉、〈阿替阿替漢〉。前面兩首是女性寫菲律賓歷史女性,榮超則是以生理男性的身分書寫,其中性別的差異就可以思考,即便是同一主題,都讓菲律賓的華語語系詩作有不一樣的內容,使眾生/聲喧嘩,多音交響而益發豐富。當然,這樣的書寫也同樣豐富了全球的華語語系文學文化。挑戰是否成功?需要讀者與論者在時間的流波沉澱後,進行各種角度的細緻思考與深刻詮釋。然而,菲華這種大規模奠基於地方風土知識的書寫傳統,於焉成形。

此外,蘇榮超在這部詩集中,其實也不僅是模習謝馨寫過的題材,自己也努力挖掘尚未融入華語語系文學中的菲律賓風土與地方知識。此本詩集就有不少來自菲律賓風土的題材佳作,是謝馨還未以華文詩作詮釋的,除了前面舉出的 Mano po,〈蘇曼〉、〈阿多波〉、〈酸蝦湯〉、〈烤

乳豬〉、〈米糕〉、〈燉豬血〉等讓我想念菲律賓道地風味的飲食詩作，以及如〈聖奧古斯丁教堂〉、〈科雷希多島〉、〈巧克力山〉、〈愛妮島〉、〈百勝灘瀑布〉、〈巴雅沓斯和斯莫基山〉、〈地下的隱喻〉、〈溫柔的沙〉等名勝地景詩作，都可見詩人的別具隻眼。尤其，蘇榮超將菲律賓共和國的國旗〈國旗〉、國歌〈親愛的土地〉、國服〈巴隆他加祿和特爾諾〉納入華語語系詩寫中，不但淺出深入，更是跨文化跨語際實踐的力作，可以說這部詩集，是繼謝馨大規模詩寫菲律賓地方風土後的驚喜重現與傳統再創，在菲華文學史上有其獨特的位置與意義。當然，此方向的題材仍有待開發，也是菲華文學應當持續努力闢拓並扎根的方向。

　　現任千島詩社社長的蘇榮超，低調寡言而深情溫柔，這次出版詩集《馬尼拉，凝望之外的驚喜》，是在二〇二一年《奶與茶的一次偶然》出版後的再次出擊／集，接連兩年為菲華現代詩添增薪火，其實是他於二〇〇〇年出版首部詩文集《都市情緣》後，蟄伏多年的厚積薄發。帶著菲律賓風土的力量與祝福，蘇榮超這部詩集相較舊作有了明確的定位與飛躍，也讓其詩作產生與馬尼拉、菲律賓、千島一同呼吸且融為一體的共鳴與情感。從 Halo Halo 到 Mano po，這部詩集成為他心靈安居的具體呈現，也讓榮

超扎扎實實、真真切切地在菲華文學史與菲律賓文學史、
華語語系文學史上有了自己的位置。祝福榮超，也期待他
下一部詩集，是為序。

侯建州，文學與文化研究評論者，目前任職於國立金門大
學華語文學系，研究關懷為菲華文學、臺灣文學、華語語
系文學文化、島嶼研究、文藝批評與文化傳播、文學史、
華語文教育，尤其關注臺灣群島與東南亞各國的文學文化
交流。

目次

第一輯
輕率的吟詠一行月光

第二輯
愛和關懷，才是遍地溢滿的花香

第四輯
誓約只是放大了的謊言

第六輯
轉世輪迴後一場美的跌宕

附錄：廿四節氣
煙波裡跌碎的一場夢

輕率的吟詠一行月光

輪迴是必然的
不生不滅法法圓融卻也未必
所有的遞增原來只是虛假
層次的堆積更顯蒼白

Halo Halo[1]

紅橙黃綠藍紫靛

閃耀的情緣

一起攪拌著我們逐漸清晰的夢

親愛的，視覺已然

暈眩

當味蕾綻放春天

繁花便不會感到寂寞

混合，體驗著彼此的詩意

和甜蜜時光

另一類七彩文化

便悄悄的滋長並且延伸

---

[1] Halo Halo是一種混合了多種色彩繽紛的甜豆、果凍，包括鷹嘴豆、紅豆、牛奶布丁以及碎冰，最後淋上鮮奶和冰淇淋等甜點。Halo Halo也即菲律賓語「混合在一起」的意思。

手抓飯

禮儀已是一道風景
準確且直接才是精髓

滋味便在不知不覺間
擴散
循序的從紛繁到熱鬧
舌尖上的華爾滋
仍時刻保持優雅和韻律

手卻失去了舊日應有的
緘默和矜貴

鴨仔胎[1]

所有的暗喻都是徒勞

不管從頭到腳或是從腳到頭

已失去了一根骨頭應有的氣質

只剩下濕濕的毛髮

持續繁盛

街頭巷尾的浮躁失眠的夜

還有一次次成長

依然走不出折翼的悲哀

走不出自我

並且輕率的吟詠一行月光

如壯烈犧牲者

---

[1]　鴨仔胎（balut）或稱鴨胎蛋，將未完全孵化的鴨蛋煮熟，敲開蛋殼蘸鹽或
白醋一同食用，吃的時候可見小鴨的骨骼和羽毛，是菲律賓街頭一道平民
小吃。

鬥雞

慾望盛滿的都市
械鬥津津有味的進行著
源自家族的血統，昂頭
由遠至近
步步踏向紅色美學

想像攀沿無限擴大
攜帶興奮的呼喊
把夢想漸漸染黑
顛覆了醜惡與偽善

當天空失控並燃燒起來時
黎明卻期盼著純情的遠方
那一聲嘹亮定律
割裂長空

混血兒

引以為傲的哲學，譬如生命
譬如換掉一件舊衣服
並打開人體封閉密碼
用一把愛慕的鑰匙

混合兩種色彩
超越語言和真相的完美組合
既是粗獷也是柔情
既有冷落也有繁盛
眾神饒有興致的
看著人間一場經典

黏土在火焰中互相緊抱、熔化
遺忘與寧靜不復存在

吉普尼[1]

歷史的遺忘
顛覆了腳的想像
裝扮成一個遁世隱者
始終不能駛向潮流前端
刷新存在感覺
到底花俏才是我顏值的爆棚

慵懶、猥瑣、廢跡斑駁
早已失去了一個長者
應有的風範
荊棘中奔騰衝動
並且毫不理會喧囂
城市羊腸裡的燈紅酒綠

主動帶起風與塵埃
填補空虛

---

[1] 吉普尼（Jeepney）是馬尼拉最普遍的交通工具。

華僑義山[1]

一座奢華的空無
飄蕩著絲絲浮雲
遊子的落葉
在這裡按照祖籍
逐一打卡

整理凌亂的心情
誰讓墓碑不理不睬
只有一種白色
在稀薄中凝聚
釋放親情的濃稠和密度
那怕只是整片綠洲中的
一粒細沙

---

[1] 華僑義山（Chinese Cemetery）是馬尼拉市第二古老的公墓。它是西班牙殖民時期指定給中國人的墓地，該地保留了始建於十九世紀五〇年代、馬尼拉最古老的中式寺廟崇福堂。

望著冰冷的真理

被暮光遺忘

春色，漸漸荒涼

唐人街

無數片龍的脊骨
從唐虞夏商周一路延伸到
羅曼王彬先生的身邊
在這裡不存在失憶
沒有偏頭痛也沒有問題兒童會問
你是從哪裡來的

街巷依舊是熟悉的氣味
依舊是史冊上的唐宋
除了泥土和月光
鳥鳴和天空

而那一堆堆復古文字
持續失衡的
唱起受傷的曲調
在夕陽摔跤時

天主教堂

每一片落葉都是一種必然
每一棵樹都是一場守候
在這裡總會得到答案

心中的聖地引領著
禮拜和告解甚至是一場
莊嚴而神聖的祝福
包含聖洗和聖體
堅持修飾人生差評的檔案
定改、告明、補贖
重組後更新柔情
神與聖靈同在

關於種種生種種死的問題
安放心中　撫平歲月
並且開始熱愛

拳擊賽

感受不到稀薄氣體的喘息
血和聲音只能表達痛感

更迷離的是眼神
不管拉近或拉遠
雙方都不肯放棄
信仰韌性　喋喋
唾沫和鹽分
在半空中揮發

再次綳實
且毫無意義的擺動
四方貪婪的目光
正等待著一場雄性的征服
用衝擊抵抗時間

茉莉花

白的，一種純潔
不似梅蘭各自陳述
矜持的雅緻

以歡欣串成花環
擺出熱情的姿態甚至成為
祭壇飾物
一縷暗香幽幽隱藏於微風
於晨光的幸福中

不是阿諾爾特大花草也不是蝴蝶蘭
更像女人
經過花枝和綠葉的烘托和陪襯
在月光的撫摸下
喚醒了埋藏已久的
愛慕與柔情

馬尼拉市

從古老到自由
從拉丁文化到人民力量
只是一朵花的距離
比如凋謝比如繁盛

漫步在羅哈斯大道
風吹起她的裙擺和長髮
日落賣弄著最後的風情
在折疊文字裡
反覆窺探美麗、神祕、歡愉和瘋狂
心中最後的一抹簡單

馬尼拉的日日夜夜
能驕矜和炫耀也能
落地謙卑委曲成為景緻
虛構或真實都是一場夢

演繹人生

學習成長，才是朵朵的盛放

王城[1]

城中之城市中之市
傾頹和殘敗的氛圍散發著
殖民魅力　西班牙優雅的氣息
卻已長滿青苔

戰火留下的棄兒
如今更像一個遺世老人
四周壕溝　中世紀城牆還有
古老的馬車穿梭於街道、港口、城寨
把 400 多年歷史的馬尼拉城都
覆蓋紅塵。午夜留下的傷感又為
石磚地添加了許多淚痕

十二座教堂七道城門
被歲月摧毀被時光修復

---

[1] 王城（Intramuros）：一五七一年西班牙人為了統治菲律賓建起了這座城堡，面積一千平方米，被稱為「都市中的都市」，城堡四周是壕溝和中世紀式的城牆。二戰末期，城堡的大部分遭到毀壞，現已修復一部分。

與她深邃而驚惶的目光碰觸
投射出掙扎和不捨

冷清的佇立在
巴石河畔的夕照裡
看虛榮和繁華散落一地

岷灣落日

如金光的盛開，散發熱情
如紅色的凋落，默然沉寂

天與海交融的一首當代經典已
接近尾聲
大地被渲染成
杜鵑不斷叫出血紅的悲傷
還忍不住洩露了春的一線光
羞得她的臉容
艷香
並被雲彩裝裹　映襯出
典雅妝容

絢彩過後的一抹平淡
終於消失在黑暗中

椰子

翩躚在熱情的天空
以圓舞姿態佇立
強勢或是輕柔
堅定的眼神從來不曾迷失

一肩扛起歲月的輕愁
曾經的辛勞和飄逸
已湮沒於遼闊
厚實的身軀和柔軟的內心
正等待時間批閱
而那一顆埋藏的心事
又有誰會去撿拾

陽光中風雨中
只想伸手去輕撫
你親切又堅毅的名字

炸香蕉

軟柔的脆響都在
激情裡來回擺動
審視深深淺淺的哀愁
來自炙熱的傷痛

不管高亢或低落
烈焰中持續溯流而上
維持意志的緘默
空氣呈現出整片蒼白和辛酸

散發著厚重的草根氣味
一卷金黃
走入孤獨長夜裡
陪伴人間的紛紛揚揚

馬車

歷史在歲月的額頭刻滿風霜
疆域馳騁的夢早已枯萎
走過四季
只能流落異鄉
延續逝去的虛榮和驕縱

殘喘的踏著沉重步伐
在青石板路上追逐遼闊
還要接受質疑的目光和
虛假論斷

早已學會了放下
生活的壓迫喚醒布滿稜角的心
開始溫柔對待，開始隨意轉換
只是誰人覺察到
蹄前濡濕的落日

竟是我一聲長長的
嘆息

竹竿舞

躍起跳過再轉彎
優雅的旋律
進行著一項藝術的評鑑
在腳和足踝之間

竹竿與竹竿的協調
只有跨越才能覺醒
入定的老僧剎那禪悟

隨著朗達拉的音樂響起
弦樂器演奏的小夜曲
在中世紀西班牙散發熱量
等待風將溫暖傳播

敲擊和滑動直至
下沉的軀體找回自己的姿態
淚水瞬間深埋並騰出青春

擦出邊界的那顆心
才是時間永遠的痛

芒果

一段蛻變的過程
青到黃　酸澀到柔美
總是由春天的鳥鳴開始

不是美的盛放
卻也經歷浴火重生的涅槃
輪迴是必然的
不生不滅法法圓融卻也未必
所有的遞增原來只是虛假
層次的堆積更顯蒼白
那麼不經意的轉身，微笑
便是智慧的覺悟

不甘寂寥的蓬勃在夏的枝頭
為熱帶風情添加
慵懶的色彩

黎剎公園[1]

已經佇立了 109 年
從跌倒到爬起也虛度了許多光陰
肌肉有點酸痛　更痛的是
富強只剩下一堆虛擬
美麗了的椰林在左邊搔首
金色了的雲霞在右邊弄姿
動態的落日和海風將景色吹噓成
一幅仙境

而近處中國園林式的設計
還在為公家的天下廉恥禮義一番
更吸睛的卻是池塘裡
那對懶散的游蕩

---

[1]　黎剎公園（Rizal Park）位於市中心羅哈斯大道旁，面對馬尼拉灣。公園裡有一個大型噴水池，是馬尼拉居民休憩的好地方。公園中央暨立著領導菲律賓獨立運動的民族英雄荷西・黎剎的銅像。北邊有專門種植中國、日本、義大利花卉的國際庭園。

3497 棵綠色環保了 54 公頃
邊框外，黑色依然肆虐了無辜的鼻子和
無法關閉的過濾設備
歡樂與不知名顆粒在天空懸浮
生命自顧自在兩個人間穿梭、漂流

當夜漸漸潛近
7107 個島嶼卻不能自已的同時
噴出一連串韻律齊整的
花朵
把整張暮色潑濕

聖地牙哥城堡[1]

古代的皇城演變成

蕭條黑暗的囚禁

不過是一頓西班牙海鮮飯的間隔

橫蠻的勢力逐漸滲透

十六世紀。光被昏暗遮擋

晴朗的天，終日多雲、陰雨

氣溫冷漠周邊歲月躁鬱容易上火發怒

護城河厚達 10 米的城牆上築有塔樓

戰火對準一群軟弱和無辜

荷西黎剎面對自己的資料和文獻

頻頻點頭，成就不朽

終於在 1896 年 12 月 30 日這天

為了文字的隱喻

---

[1] 聖地牙哥城堡（Fort Santiago）是古代的皇城，十六世紀西班牙總督聖地
牙哥將原本用木柵欄圍成的城寨改建成石城堡，城牆外有護城河，厚達
十米的城牆上築有塔樓，並設有炮臺架。這裡曾經囚禁無數的菲律賓愛國
者，包括民族英雄荷西・黎剎。

踏上了自己的腳印
然後看著鮮血從彈孔中流出
敵人一個一個倒下在 1898 年的 6 月 12 日

使木頭成為石頭
使虛假成為現實
昨天關押的一股暗影和黑色
今天我們稱作光輝

菲華歷史博物館[1]

海岸交易大帆船連繫

黃蠟、真珠、棉花

織布、飾品、黃金

八連社會體系殖民文化

葉飛抗日戰士陶瓷交流

十九世紀

捍衛自由

華人血統國家建設

珍貴文獻歷史圖片

貝殼珍品

奇石收藏

華裔菲人的

淚水和熱血

生活

1　菲華歷史博物館（Bahay Tsinoy）是馬尼拉王城區的一家博物館，記錄了
　菲律賓華人的生活、貢獻與歷史。

虱目魚

離開前　淚是暖的
生活是漫無邊際的飄流
帶著時間的刻度畫一條美好弧線

黯淡的夜散落月光
驚嚇的眼神堅持仰視
海草魚、國姓魚、麻虱目、牛奶魚
都是隨意和不羈

當進入海岸
天空缺乏鹽的氣味
鱗片在陽光下閃電
下凹的姿態彎曲成
唯一思念

有蹦跳的，忘記傷害
也有沉淪的，恍如靜止的水

等待離開

當另一場逐漸靠近

馬尼拉海洋公園

一條藍色的彎曲水道
豢養著無數瑰麗和深情
每個視野都能審閱
內心的依戀
早已習慣了流動漂移
在廣闊的無垠

當大片海水相繼失守
仰望天空，已沒有了飛翔的樂園
感知的敏銳在常態中
逐漸流失
而甲鱗在沾滿日光燈後
發不出聲響
只能以俯視的姿勢仰望
虛偽的山澗水流

水的固態依舊沒有歧義
我們在束縛的自由中
快樂地悲哀著

第二輯

愛和關懷，才是遍地溢滿的花香

所有的困惑也必訴之困惑

十一月的天空，晴、陰暗不定
人性。是的，一場剖析
而所有的支撐來自於信仰

拉布拉布[1]

柔情，一條魚的
當刀毫無保留的刺過
絕非淒美
這個死結纏繞著強大和抗爭

今年夏天的第一場雨
落在瑪克旦島的黃昏
每顆沙子都滴下了眼淚
潮濕的心開始躁鬱
強悍的爭奪
在自由和束縛之間持續搖擺

盾牌、大刀迎風而立
無關歲月和激烈

---

[1] 十六世紀菲律賓第一個反抗外族統治的首長拉布拉布（Lapu Lapu），將葡籍航海家麥哲倫（Ferdinand Magellan, 1480-1521）擊殺於刀下，菲政府為紀念其功績特以「石斑魚」冠其名。

就是那麼恬靜的
站在粗獷中
屬於一條魚的

蘇拉姥姥[1]

84、91 甚至 107

不過是一堆數字

愛和關懷，才是遍地溢滿的花香

這裡沒有醜惡和偽裝

善良靜靜的綻放

經歷春天的女人

才是最美

流浪，天空裡的幾片雲彩

默然飄蕩

原是一場宿命的告解

不必躊躇或質疑

2100 顆星辰已經遙遠得有點臨近

---

[1] 梅爾喬拉·阿基諾（Melchora Aquino, 1812-1919），菲律賓人暱稱她為蘇拉姥姥（Tandang Sora），八十四歲時因庇護「政治犯」被西班牙政府逮捕並遣配到馬瑞納斯島（關島），九十一歲重返馬尼拉繼續進行反西活動，並於一百零七歲的高齡逝世。

正如你知道所有的結束
都將是開始

至於現在，現在才 91 歲
一切都得從新學習
包括隱喻、放下和無數的燃燒

斯朗女將軍[1]

好時光總有耗盡的一日

正如黑暗也將枯竭

傑戈，齟齬弄痛了所有的計劃

包括絆倒你的那塊石頭

將被處置

直至所有等待開始

傑戈，你睡得如此安詳

聽不到嬰兒的啼哭

沒有撕裂沒有滴落的紛擾

光與柔情使你寧靜

而邪惡卻乾澀了我的眼睛

---

[1] 斯朗女將軍（Gabriela Silang, 1731-1763）：菲律賓革命領袖，最負盛名的伊洛卡諾（Ilokano）獨立運動的第一位女性領導人。她接管了丈夫傑戈·斯朗（Diego Silang）的革命運動，一七六三年他被暗殺後，伊洛卡諾叛亂運動持續了四個月，之後被西班牙殖民地政府俘虜並處決於東印度群島。

七月的天空缺乏淚水
雲朵與雲朵依舊乏味、枯燥
120 個喧囂和動盪
在轟鳴聲裡邁騰在遊走聲中沉澱
一切的抗拒和思考都是基於
靈魂深沉的解脫和釋放

傑戈，陽光下你將會見到我
身穿鎧甲騎著駿馬走來
端坐嬉鬧如一個普通女子
伴你笑和哀愁

麥堅利堡[1]

終年陰鬱的一座城

開滿了十字花朵

已經繁盛得聽不到煙火的氣味

卻看見滿地滴落的淚痕

白天仰望雲彩　深夜觀看辰星

靜謐，使空氣持續溫柔

誰人想到一片祥和

竟能沉澱出一萬七千朵滴血的魂魄

在此安眠，感受簡單的純粹

燃燒的軌跡已不復存在

地平線上所有的鋒芒也被清洗

唯一的回憶只剩下

---

[1] 麥堅利堡（Fort McKinley）是紀念第二次世界大戰期間三萬多美軍在太平
洋地區戰亡，美國人於馬尼拉城郊以一萬七千座大理石十字架，分別刻著
有骸骨者的出生地與名字的一處墓園。

深深淺淺幾道情深不一的
時間傷疤

眾人所期待的美好
包括共通性的慈愛和憐憫
依然是人間的一場隱晦
沉寂的傷口從未癒合

而殘酷仍在單鍵循環中

荷西黎剎[1]

生活在幻覺中分解、消耗

而生命，一種悲涼的

具有高辨識度的體驗及擴散

只能全部宣洩在厚實的紙張

思想的向度有了

貼近史實的姿態和絕不逃避的

凝重感

角色轉換從醫學到哲學

最後定位在改革藝術上

銳利的筆鋒曝曬出

腐壞和黑暗

---

[1] 荷西‧黎剎（Jose Rizal，1861年6月19日－1896年12月30日）是菲律賓的
民族英雄，有華人血統，柯姓閩南人後裔。
黎剎是一名眼科醫生，精通英、法、德等多種語言，並在文理各方面多才
多藝。從年輕時就開始從事西班牙統治下的改革工作，出版曝露西班牙統
治弊端叢生的小說，成為宣傳運動的領袖。
黎剎於一八九六年十二月三十日被西班牙殖民當局處決，菲律賓政府將此
日定為國定假日「黎剎日」。

走上沒有回頭的路
步伐是堅決的
豢養歲月的柔情延續夢想
看強悍如何將矛盾和起伏
混淆成細微的孤獨

撫摸著歷史　剛好是 12 月 30 日
好事者把這天叫「黎剎日」
一個屬於和平與沉鬱互相交疊
現實與虛偽交相牽扯的
傳承日子

安德烈・博尼法西奧[1]

所有的困惑也必訴之困惑

十一月的天空，晴、陰暗不定
人性。是的，一場剖析
而所有的支撐來自於信仰
眼神是堅決的
夢想只能聚焦在將來

朋友親信、知己、慾望、抱負
在哀傷與享樂之間漸漸
遺忘了生命的軌跡
一條只能通向自由的路
太過美好便不復存在
並陷入對美不可自拔的迷戀

---

[1]　安德烈・博尼法西奧（Andrés Bonifacio，1863年11月30日－1897年5月10
日）：菲律賓軍事家、政治家、菲律賓獨立運動的發起人及主要領導人之
一，被譽為「菲律賓革命之父」。
因與保守派領導人阿奎那多（Emilio Aguinaldo）發生嚴重矛盾，導致卡蒂
普南（Katipunan）革命陣營分裂。最後被阿奎那多逮捕、審判並處決。

而分裂是一切事故裡的動詞
罪惡和骯髒占據了思考
蒼白的溝壑已深邃得無法跨越
來和去，內心斑駁

朝陽下幸福金光燦燦的向我走來
就算已經一無所有

重新思考著狹隘的靈魂培養
從思想和行為的完美
達至無缺漏洞
包括優雅與莽撞之間的一段差距

第三輯

養殖靜默的激昂

三輪車

氣勢在渴望之城持續高漲
狂妄或謙卑催促著
生死輪迴的爭奪
無性征服逐漸釋放力量

一樣的文化底蘊在
高度壓縮的空間
完美呈現出缺陷和鏽蝕疲累

如電般搜索著
虎口奪食後
心臟裂開的那一線光

快餐店

形象塑造
由激烈的時光開始
無視擦身一瞬間造成的
蒼白與溫馨落差
文化的溝壑隔開了
月亮和太陽

叫幾客簡單的柔腸
餵養光陰
如餵養慣性的情深
在半張紙上描繪漸漸遺忘了的
鄉愁

帶著飄泊的夜離開
留下一堆失血的月色
繼續追逐

豆花

軟的，一種型態
甜的，一抹純粹

在清晨或午後　沿街挑起
肩膀上的生活
等待守在一旁的童年

當嘴角的弧度以仰慕姿態
綻放整個春天時
溫暖開始靠近
所有的陰霾也被陽光遮蓋

淚痕的歲月
從此變得溫柔

南洋珍珠

醞釀和綻開都是柔情的釋放
從不提及夜的黯淡和
落花的哀傷
也不曾渲染濃郁或者淡雅
悠閒的在萬花中昂然抬起
眼波堆疊驚訝

茄皮紫、孔雀綠、金屬灰
從表情世界
到內心的繁複變換
預設過程中
養殖一場靜默的激昂

擁抱著藍色遼闊
一件有機體
在愛的孕育中散發
朵朵幽香

貝殼

早已習慣了等待
讓身邊的沖刷
濺起幾滴淚

終於，我什麼都不肯說
堅貞地
躺成柔情綽約中
一抹冷靜

不管你如何掀開我的心事

碧瑤市[1]

堅決不要夏天

松城高高站在山的脊骨

一簇紅綠相擁　　掩映在繁蔭裡

山麓四周猶如盤曲的蛟龍

屢次都想騰空而起

成長為心中的細緻或卑微

輕風拂拭長堤

滿目的堅貞和傲骨沉醉於四季

當美態絕倒了紅顏　一副

潑墨淋漓充滿酣暢的樣子

伯納姆公園約翰海軍營和獅子頭

都已張開臂膀，天剛放亮

繁花溫馨的表演著脫口秀

---

[1]　碧瑤市（Baguio City）：位於菲律賓呂宋島北部本格特省（Benguet）的
　　一個城市。該市的海拔高度約為一千五百米，是菲律賓國內首屈一指的旅
　　遊避暑勝地。

遠看確認路已斷

轉彎處竟另有一番美好

馬拉干鄢宮[1]

漁夫之地或神明所在
已不是關鍵詞
代表至高的權杖
只要輕鬆一揮就能幻化出
無數的可能
並還原真相裡的荒謬

西班牙殖民風格
覆蓋著忐忑的內在
坎坷歲月裡布滿顛覆和劇烈
呼喚人間風雨無情的燃燒

一座支配空間
蓬勃於信念頂端
讓群眾堅持生存的價值和

---

[1] 馬拉干鄢宮（Malacanang Palace）：即總統府，菲律賓的政治和行政中心，座落在馬尼拉市的聖米格爾區（San Miguel）。

盛放的意義

而白色籠罩下
瀕臨失落的信仰
仍是眾人熾熱的爭奪

巴拿威水稻梯田（Banaue Rice Terraces）

上底加下底乘高除 2
計算機的估量
已分析不了
一座梯的營養價值

完美的將缺陷
曝露在陽光和風雨底下
綠色的階梯
讓生命拾級而上直達天堂

從登錄到瀕危
風景的意義大於實踐
既不是神話或傳奇霸業
也非告別的延伸

當灌溉納入現代建築
維繫的姿態卻已缺乏誠摯

跳躍和激勵也不復存在

愛，從此陷入荒蕪
而感情才剛剛要發芽

文化中心

當群眾仍在入口處互相推搡著
意圖把通往文化的路
縮短成為一道閃電時

我只能站在售票區
重新思考著狹隘的靈魂培養
從思想和行為的完美
達至
無缺漏洞
包括優雅與莽撞之間的一段差距

據悉都與自由無關

椰子宮[1]

頭戴傳統的薩拉科特

八邊形空間轉瞬站上時代

椰木及椰殼扮演著網紅

甚至 KOL 的角色

101 個堅韌和 4 萬片碎裂

分別為吊燈及餐桌

守著最後的形象

沉默猶如三千七百萬披索般珍貴

至於貧困或奢華

不過為侷促的心跳提供

最後一處留白

讓稀薄空氣布滿美的姿勢

---

[1]　〈椰子宮〉（Coconut Palace）又稱Tahanang Pilipino（菲律賓人之家），
原為菲律賓的國賓館，也曾為菲律賓副總統官邸及辦公室。
薩拉科特（Salakot）是菲律賓傳統的帽子，用於防止日曬或雨淋，通常是
圓頂形或圓錐形。一般用藤、竹子等編織。

柔軟如情人的愛

在高雅背後

充盈著寫意的誘惑

海螺

被囚禁於時間的牢籠
長年思念
遙遠的夢仍清晰可見

如果是一場追逐
浪花沖擊的不是愛情也不是
曾經的飄泊
層層疊疊的覆蓋和包裹
渴望的卻是寧靜

不管光滑或粗糙都是激情的呼喚

巴石河（Pasig River）

一把鋒銳的利刃
把城市分割
堅強的凝聚又把鬚根連結
流動的快感承載了歷史的痛
時間不哭也不笑
只是持續跳動

南岸是曾經的城堡和炮臺
北岸的金融和商業淪為打卡熱點
當夕陽沉寂於虛擬之下
古老與文明衝擊著繁盛的崛起
緩慢而急速的節拍
任何人都能彈奏

驟然河面撒滿閃耀的金光
眾人追逐的浮華
便又開始甦醒

娘炮

蘭花一出
性別角色的刻版印象便
瞬間轉換

上帝仍在猶豫
亞當應否擁有冒險時
一切的溫柔和細心
已是定局
並構成了生活

自此，沿著雌激素的時光
掉進迷戀

聖托馬斯大學[1]

濃郁的庇護底下

春風吹過　細雨打過

從羸弱到茁壯

成長是唯一的憂傷

追逐夢和美好

每一場逆轉都是人生前進的方向

生命可以像天空的雲彩

輕易飄蕩並重新聚散

及時的淚水

灌溉著信仰，沉寂卻乾涸如大地

步履是穩健的

握筆的手必須凝聚和固定

力量才能宏大

---

[1] 聖托馬斯大學（University of Santo Tomas）創辦於一六一一年，是亞洲地區最古老的大學，也是世界上最大單一校園區的天主教大學。

堅持則是一種觀念
無關歲月

而老，就是成就
明萬曆三十九年辛亥
拔地而起。屬豬

西班牙與菲律賓[1]

兩個女人的情感背對著我們

掌握和強烈

意味著精神與理智的提升

在階梯半道暫駐腳步

身穿古希臘衣裙頭戴月桂花冠

白的遙指上方的光耀

而較黑的手持傾訴

傳遞依然深邃

古典的構圖和用色

在浪漫、印象和寫實的縫隙裡遊走

滿地的鮮花和飄逸的裙擺

預示著殖民主義將被塗改或破裂

依附的時光開始凋萎

---

[1] 　《西班牙與菲律賓》（*España y Filipinas*）是菲律賓畫家胡安・盧納
（Juan Luna, 1857-1899）於一八八八年創作的最具代表性也是最有爭議性
的作品。盧納被譽為十九世紀東南亞現代藝術的曙光，一個真正的民族主
義者。

隱痛牽動著奔騰的浪潮
沖擊、黑色神祕
直接為熱帶的暴風雨
開拓了一條通向
美麗且性感的坦蕩

B-I大橋（Binondo-Intramuros Bridge）

謙卑的心承載了兩種回憶
一端是繁盛的衰落
另一端是古老崛起
而底下傾注了悠悠不盡的情深
茉莉芬香隨風搖曳

堅固的意志展現在混凝土上
彷如優雅寫下的名字
落地便延伸成一條飽受考驗
的溫柔
沉靜和彎曲都是脊骨的迴響

沒有浮躁甚至渲染
醞釀的過程也從不提及
夜的荒涼　不管風中雨中
只等待著碾壓的鞭策

潛伏在生命四周的轉換

默契和經典將一再重現

地下的隱喻[1]

日子的流動
沿著神祕心事而蜿蜒起伏
不見繁星的暗夜裡
地下波光悠蕩逐漸清澈

轉折的表現藝術
抒發著優雅綿長的
情深感受
一束光點亮了心中悸動
並指引方向

---

[1] 公主港地下河國家公園（Puerto Princesa Subterranean River National Park）是菲律賓一處自然保護區，位於菲律賓西南部的巴拉望島。一九九九年獲聯合國教育、科學及文化組織列入世界遺產，為菲律賓第二個入選的自然遺產。

溫柔的沙[1]

（一）

堆積一座白色城堡

裡面住著所有的美好和

幸福

直至白馬牽著他的王子

走入夢中

從此不再出來

（二）

夕陽染紅了一半的水色

另一半銀光粼粼

把眼睛囚禁

海風吹過城堡

---

[1] 長灘島（Boracay）是菲律賓的一個島嶼，屬於米沙鄢群島（Visayas）的一部分，擁有世界最美麗沙灘之一的「白色沙灘」，又稱作「麵粉沙灘」，因細白軟滑的沙質使它成為菲律賓著名的旅遊勝地。

很久很久以前的美麗
正要崩塌下來

（三）
而公主逢人就問
這個世界上誰最似水和月光

遺留在沙雕上那抹易碎的笑容
正與春波一起蕩漾

誓約只是放大了的謊言

不必猶豫

齒頰之間的迴響

總是在觸碰後瞬間爆發

而咀嚼仍然進行中

蘇比克灣（Subic Bay）

蔚藍的天空蔚藍的詩
美的時光總是令人迷戀
誰人想到
行動的妥協就此一致
並埋下冷酷的將來
而爆發卻把陽光掩蓋
暗黑的日子裡戰鬥銷毀
力量全數撇清

天堂依然屬於人間
心事蠢蠢　慾望攀升
硝煙從未止息甚至愈加濃烈

蔚藍的詩蔚藍的軟柔
迷戀的時光總是美的
當一片晴空就在眼前

誰能預計著艷麗的消失和
燦盛的流逝

馬尼拉的雨

有時強烈或輕盈
有時任性卻懦弱
馬尼拉的雨總是讓人費心思考
既期待又畏懼

一條河流的濫用職權
或一場情人的分手預告
都與天氣無關與脾氣無關
與昨夜的星辰和今日的和緩東南風
大雨轉小雨
沒有直接或間歇性的感情牽絆

雨，從不必說道歉
只有遺忘了的傘知道

黑拿撒勒迎神賽會（Black Nazarene）

大火的洗禮
終於完成了燻的過程
黑色，一種神奇力量
讓工匠索性把所有完好塗抹
從此裝飾著艱難的形象

頭戴荊棘　右肩扛著磨練
痛群眾的苦而刻上一臉憂傷
當拋出純淨
擦拭著聖潔的光
信仰便是唯一的庇護

歷經四個世紀
歡呼、狂熱、撕喊和揮舞
已是一道風景和文化
超過百萬迎路跟隨

就算無法親吻或撫觸
沿途的 Viva[1] 和凝望就是愛

而愛就是無私的付出
更多時我們稱作奉獻

---

[1] Viva表示擁護的歡呼聲。

阿替阿替漢（Ati-Atihan Festival）

將圖騰彩繪或是煤炭塗黑
狂歡的日子裡
煙火和激情正在騰飛
並掀起阿替漢的另一波浪潮

咚咚隆隆的囂張氣焰
夾雜在蛇行舞步瘋狂行列中
腿、胳膊甚至呼吸和身體
每一個細胞毛孔都披上了
神祕、詭異的色彩

情節被寫入十三世紀的歷史裡
為了逃避亂世而尋覓天堂
既非陶潛筆下的桃花
卻在黯淡中發現了一線光

卡利博¹從此將憂傷放逐

並編織了花、武士、鼓手
還有滿載原鄉瑰麗的
和平與夢

聖嬰嘉年華（Sinulog Festival）

風雨緊湊的十六世紀
聖像攜帶著神奇
引導群眾的信仰　率先
成為 Hara Amihan[1]
受洗的徵象

爭戰始於征服
慈愛控制不住人性的貪婪
包括沒有盡止的欲求
最終，一切都將被焚毀
夙願和理想、放大了的力量
思想純粹和大部分缺失
而神蹟竟完美的留存
展現出敬畏

---

[1] Hara Amihan被稱為宿務女王（另有考據稱她的名字應為Hara Humamay），
是葡萄牙探險家費迪南・麥哲倫（Ferdinand Magellan）及其船員於西元
一五二一年抵達宿務時，統治者胡瑪邦（Rajah Humabon）的妻子。

教堂和聖嬰終因疼痛、懺悔

及一條更新的路

散發出柔和與光　被膜拜被神聖

被數百萬的熱情包裹

而繽紛狂熱及兩步向前

一步往後仍

牽動著這座古老之城

每一刻的喜　包括歡樂

榴槤

一種辯證
在異味和香氣兩者之間
掀起了溪水喋喋的惆悵
止不住時光流動

擁抱金色的夢稱王
褪去繁華後依舊有貴冑的雅緻
只是有誰讀懂
稜角背後嚴謹的內裡

濃烈滲透而不立文字
在虛妄世間導引著
這場見性、開悟

哈囉喂（Halloween）

同樣是一句問候或招呼語
卻存在兩種態度
Ａ）甜蜜 Ｂ）干擾
請選擇其中一項
不傷害情緒且有加分作用的

當然也可用傑克南瓜燈
來裝飾心情來驚嚇那束流浪的光
在鬼怪世界最接近人間的時候
放在門前的階梯上
驅走黑暗和死亡
包括女巫還有殭屍

天是藍的，草是綠的 [1]
May we have our Halloween

---

[1] 在蘇格蘭，小孩要糖果時會說：「The sky is blue, the grass is green, may we have our Halloween.」（天是藍色，草是綠色，齊來慶祝萬聖節前夜。）

於是，大家脫下虛偽

換上真實

在這個萬聖同歡的日子裡

化身原來的我演繹邪惡

說聲哈囉喂快樂

（必須 high 一點，請提高八度）

就讓我們魔鬼一夜使壞一夜

血之同盟[1]

紅色的激情和危險迸裂四射

而我們仍然將血滲入

甜蜜的酸澀中

為了一場積極的見證和不變信仰

獨立徵象來自於歷史氛圍

沉淪的心情卻無法釋放

屬於祭典般神聖、無瑕

就在四周的空間飄浮

凝重令呼吸急促

然而，守護注定是無解的結

誓約只是放大了的謊言

就像軌道上那場風雨

---

[1]　菲律賓畫家胡安・盧納（Juan Luna, 1857-1899）在巴黎完成的歷史題材大型油畫《血之同盟》（*The Blood Compact*）取材於一五六五年由登陸菲律賓的西班牙征服者萊加斯皮（Miguel Lopez de Legaspi），與當地酋長西卡杜納（Rajah Sikatuna）締結的盟約。

我們都是被操控的無知者

只想牢牢抓緊命運這根浮木不放
並且努力的與時間競逐

河邊的女孩（Maidens by a Stream）
——阿莫索洛[1]油畫之一

天真是女孩的代名詞

而河邊的動詞則是嬉戲

火燒雲尚未歸去

時光便浮沉在流動歡笑裡

散播出最柔和的清新

圓圓的笑臉和圓圓的腮紅

與餘暉相映成為春光

並乍洩了

一縷淡淡的米勒

在光的影像中

---

[1] 費爾南多·阿莫索洛（Fernando Amorsolo y Cueto, 1892-1972）：菲律賓畫家，被稱為菲律賓的米勒（Jean-Frandik Millet），多繪農村題材的作品，風貌質樸清新，充滿現實主義精神。阿莫索洛也是菲律賓繪畫史上最重要的藝術家之一，擅長畫鄉村風景和肖像畫，以精湛的工藝和對光的運用而聞名。

馬利金納谷[1]（Marikina Valley）
——阿莫索洛油畫之二

陽光、廣闊的天空還有如茵草地
構成色彩恬靜的農村風光
村婦們正偷快地耕作、洗衣
細節描寫日常
且讓生活過得溫馨

白雲深處有光的輪廓
水牛正探入陰影裡犁田
炊煙裊裊自顏料中升起
辛苦了一整天的農民
背起夢和歡欣
還有一籮筐的明暗對比
漫步歸家

---

[1]　《馬利金納谷》中的田園風景，為阿莫索洛筆下最具特色、最受讚嘆的
　　油畫。

愛上這條河
——阿莫索洛油畫之三《河邊洗滌》
（*Bathing and Laundry by the River*）

幽靜的河邊水波蕩漾

夕陽下泛起浣衣少女

曼妙的身影　和銀鈴般笑語

融成一幅風情

有情卻沒有風

只得卸下煩囂的束縛

洗滌燥熱也將受染的情懷

拿出來拭擦一番

綠色掩映下

流動的時光載滿歡欣

少女用一生的熱忱愛上這條河

並且泅渡美好

輕軌電車

在兩條幽暗的命運線上
我們恆是一尾尾
奔向宿命的魚
從開始到結束
漫長的守候和期盼
成為存在唯一象徵

污染的海洋已經不再閃耀
有限空間裡也沒有剩餘的允諾
讓我們揮霍無限
純粹仍然是最初的假裝
即便冷漠和撕裂無所不在

而我們只能在刷掉風景的
短暫拾掇裡
完成稀薄且粗糙的人生

鹹麵包與黑咖啡

刻苦的磨礪連接晨曦氣味
從漆黑裡釋出最初最古老的芳香故事
與原始的鹹
組成生命感知中
一串勤奮的滋味

不必猶豫
齒頰之間的迴響
總是在觸碰後瞬間爆發
而咀嚼仍然進行中

配置來自於轉身，完美的
一場微笑或邂逅
當細軟的任性遇上苦澀的酸
愛便是溫柔奉獻
不再離棄

克婁巴特拉之死
（The Death of Cleopatra）
——胡安・盧納畫作之一

假若鼻子可以成為謊言

整個世界的面貌便不同凡響

那條叫阿普斯的毒物

自此成為罪魁

乾癟的身軀像童話裡的月光

荒涼了歲月還有妖艷的后冠

禍首可能是另一場

被遮蓋的真實，顛覆了探問和查詢

遊走於人生軌道上

如一尾滑溜的魚　與情慾

難解難分地糾纏在一起

而或然率則是雄性的誘惑

幸福和痛苦的飄移

隨機發生並屢屢轉變

美顏或聰慧

在隱晦長流裡早被淹沒

救贖成為歷史發展中的偶然

遺忘了星光不曾在下傾的天空中靠攏

微弱氣息無力閃耀

從此仰臥成為憑證的古蹟

昨日的紛擾和爭奪

如今只能鎖定在

一堆無盡的淒清上

羅馬鬥獸場的地下室（Spoliarium）
——胡安·盧納畫作之二

等待存在的結束
當一次更激烈和殘酷正準備登場

角鬥士的比賽、海戰表演
naumachia[1] 不過是一朵花綻放的開始
而陰暗角落裡卻布滿黑色
神祕氛圍在齷齪的空間一再瀰漫
原始和荒蠻成為群眾的衝擊
觀賞者視角被混淆
嗜血甚至狂野被沸騰
處決重要戰犯的歷史將重複演練

羅馬神話的戲劇
一個被拖出另一個又再倒下
災難性的用途循環往復

---

[1]　Naumachia（瑙馬奇亞），古羅馬海戰演習場。

人與人、人與獸
鬥爭在暗黑中持續延伸

償還與救贖的鐘聲
在震撼夜色裡
卻遲遲無人敲打

等待月光溫柔的補綴

從外到內或是隱蔽至呈現
邁向生之過程
如蛹蛻變為蟲
一種無法被認知的透徹

違章建築

通常是在河邊或橋底
也往往不按法制。自由
反正都是浪裡搖晃
又何必拋下溫馨
販賣起日子的苦悶

四月，人間的抒情和希望
風來雨去把浪漫組建在詩中
拼接在雲端
做一個飄泊的擺渡人
在時光輪渡上搖曳春光

一條流水的告白

而所有誓言也淡淡化為風雨
隱約見到星光黯淡不明
本來的無瑕早被沾染
誰又理解內心激盪的流淌
潺潺的嘆息

傾注一汪情深卻換來
起伏的羞辱和傷害
掩埋歲月裡已沒有童話
曾經的純粹和清晰也遙遠得
剩下一個無法實現的夢
在遲暮之年仍要承受
無止盡的情感堆積

曾經的溫柔就這樣
一日一日被撕毀

堵塞

週一週三服降血壓藥
週一週四喝阿司匹靈
週二週四少鹽禁菸減酒
週二週五不煎炸多蔬果
週三週五溺愛寵物擁抱另一半
週六週日運動半小時早點睡覺

等待與衰老靜靜繁衍著
而疏導使情緒淤積
使紅燈亮在身體的暗巷內
世界上最猛的磕磕絆絆
正一寸一寸爬行

直至那一天我們的宇宙爆裂
喧囂的星從此變得溫柔

塔爾火山（Taal Volcano）

山中之山　湖中之湖
激情的怒吼與
柔弱典雅都不過是一截流言
瞬息悲喜

苦修的僧侶
去除塵垢煩惱無相無不相
感受存在和每一處風景

對衣、食、住等貪著
終於脫下虛偽的皮囊
露出沸騰展現驚恐

生和死誰能預測
昨日的繁華今天忽然覺醒

外勞的心聲

親暱的氣息在空間凝聚
而不捨氛圍愈發濃烈
繁星促狹的閃爍令世界傾斜
愛不得　瞬間迷惘

沉溺眼神催促著短暫
時間迅速逃離
從朝夕的重疊和腐蝕中
意圖尋找光
日子在常態中修改

一張美麗的碎片
淹沒在殘酷激盪裡
等待月光溫柔的補綴

愈夜愈激烈

霓虹閃爍揭開了夜的神祕
彩色光影眼前躍動
並進入城市簾幕

如蛇的誘惑紅唇閉合
燃點起激情　溫暖似星光般清晰
原始的狂野進行脈動、變化
誘餌和魚鈎互相爭奪
生命急促追趕　沉寂的四周
正垂釣著一尾迷失的哀傷

碩大身軀在跌倒後爬起　夜
掙扎著一些泥濘一些恍惚
分裂的影子瞬間甦醒並轉換
反覆尋找遺忘已久的純粹和記憶
包括瀰漫詩意的月光

Bahala na[1]

一場宿命的塑造
挑釁與堅決甚至責任無關
明天，佛系的意志將延伸
就已知／未知因素
產生作用或欠缺能力

面對不確定性的風險
選擇隨意並接納
明天，陽光不再盛開 Bahala na
明天，青春逐漸枯萎 Bahala na
明天該發生的都會發生
而
　　美是所有美好者的力量

---

[1] Bahala na是菲律賓的一種社會文化價值，也是菲語言中的措詞，表達對生活的態度。

屬於措詞或態度

在消極和積極之間

夢持續晃動

巴隆他加祿和特爾諾[1]

展翅的蝴蝶
蹁躚在群花叢中　穿梭歲月
尋找菠蘿纖維的記憶
展示柔軟嫻靜

兩袖挺直、袖根高聳
吸納高貴和典雅的特質
仿若一掌浪漫的撫摸
溫暖了四周　詩意大地

而抽絲縷空的圖案
已被剝蝕為時光的花紋
熱情且體貼的
翹首在潮流浪端

---

[1]　巴隆他加祿和特爾諾（Barong Tagalog at Terno）—分別為菲律賓男仕及婦
　　女的國服，外交場合、慶祝活動和宴會的正式禮服。

引領三千弱水不管沉寂或喧嚷
在時隱時現的痕跡裡
完美顯露出兩性專屬的味道
一種質樸的眩目及風情

貧民窟

可以是橋下、堆填區或公墓園地
都是安居的天堂
至於地獄和夜幕中消逝的流星
不過是茫茫軌跡裡偶發性的挫敗
馬尼拉從不信憂傷

快餐店剩餘的數根堅持
就是生命的泉源
沒有眼淚從雲層滴落
荊棘的路依然布滿星光
距離卻經常遙遠

倦怠將世界的間隔愈拉愈長
幸運與魔鬼決裂
泥沼裡也曾想過掙脫
渴望以躍動的姿態飛翔
方向和目標便不存在迷茫

一場美與殘酷的角力
並在天空未亮之前
所有的繁星均已熄滅之後
燃點起希望

巴雅沓斯和斯莫基山[1]

七層的惡夢

就是他們的鮮花和未來

無止境的震撼衝擊著

氣層裡早已僵直的嗅覺

從外到內或是隱蔽至呈現

邁向生之過程

如蛹蛻變為蟲

一種無法被認知的透徹

並阻隔了所有憂傷與快樂

都是神的子民

卻必須遭受折磨、苦痛和災難

進入地獄之門

看美好被燃燒靈魂焚化

---

[1] 巴雅沓斯和斯莫基山（Payatas at Smokey Mountain）—馬尼拉的垃圾堆
填區。

在沒有光的生命中摸索漆黑

而天堂路依然遙遠
厚重的羽翼早已濕透
燻黑歲月裡
一場沒有止息的接力賽
千百年來毫不動搖的
在身體內滋長蔓延
同時，遺傳下去

Mano po[1]

尊敬來自於虔誠，屬於一顆心的
從十六世紀到自由民主
人們仍然使用額頭和手背來表達

在一天中第一次相見
或進入聚會時
沒有年齡、性別限制
通常在兩代以上的人身上
持續練習
直至時間蒼老煙火沉寂
愛戴的禮儀仍在空氣和髮梢之間晃動
一代接一代的延續下去

屬於推重和崇敬，一種行為

---

[1] Mano po是菲律賓文化中作為對長者的尊重和請求長者祝福的一種方式，
與親吻類似。將額頭按在長者的手背上，在米沙鄢（Visayas）該手勢稱
為Amin。

烤玉米

過程總是艱辛的
就像菲尼克斯[1]的引火
必須經歷一番風雨和變更

而火的炙烤
原是無法停止的路
痛，一場浴火燃燒的錘鍊
卻成就了剛強與不屈
當嗶啪的兩個音節
在空中爆裂並隨風傳送
那滿身金黃的堅韌
才是日子不能遺忘的甘香

燻黑的挫敗只是生活裡
美的點綴

---

[1] 菲尼克斯（Phoenix）：也譯作鳳凰或不死鳥，是希臘神話中的一種生物。

歡慶中隱藏殺機

時間迫近午夜
天空飄浮著歡欣
一團團由遠而近
濃烈而嗆鼻的火藥味
占據著導航網絡
不夜城市將耀眼的星光壓抑

隨著倒數聲歡呼聲和鞭炮聲 [1]
將情緒拉抬到燃爆點
厄運悄然而至
從無法思維的角度
突破回憶　衝擊著群眾感情

一張張稚嫩的臉
仍躺在天使懷抱裡

---

[1]　菲國每年的12月31日午夜都會燃放鞭炮、新年倒數和鳴槍狂歡，數年來曾
　　造成多人包括小孩被流彈擊中而意外身亡，深為社會群眾所詬病。

光漸漸消退影子藏匿
冷寂中
夜，頹然倒下

大家一起咳

神情持續安靜
連空氣裡飄蕩著的承諾
也都選擇荒涼或者剝離
最終婉轉成一條失憶的地平線

不停的咳，咳咳，咳咳咳
咳成淡薄的水　　冷落的冰涼
在政客和科學家的臉上
漸漸磅礴並
開始腐臭 [1]

---

[1] 2022新年伊始，新冠變種病毒Omicron便不受控制的傳遍了整個大峴區。
據不正式統計，這段期間確診病例每隔兩天便翻倍。

椅子空著

椅子空著
感動仍在
柔和中擴散不出堅強
如詩之婉約歌之優雅

小時候
寂寞的夜　荒涼的黑
椅子空著情也空著
一顆心便浮躁在峭壁間或
懸崖邊
時光飄移童年在容顏更改後
走進歷史

暈黃的燈光下
仍選擇相信
椅子不空
在某個適合思念的夜晚

如迷路的孩子忽然遇到光

擁抱溫暖 [1]

---

[1] 截至2022年6月17日，全球約有六百三十一萬人死於新冠肺炎。大馬尼拉區計順市十二歲市民艾爾捧著父親的遺像在家中拍照，其父親早前不幸死於這場世紀疫情。

木瓜

從綠到黃只是塵俗的刦數未盡
而所有苦澀
卻是生命交替必經的磨難

剖開，一場自我刑罰
讓數百顆心眼看盡悲涼
柔弱的內裡始終如一

煎熬和不斷追求都非因緣所生
經歷巨大的痛苦砥礪
才能展現更好的風華，無為無動

就這樣趺坐於人間
不可吹散解脫
等待著另一次涅槃的再生

小酸柑[1]

酸澀來自生活
某種深刻的感悟

放下曾經的身段和追憶
逃離對溫暖最惦記的氣味
紛紛擾擾間
仍堅持守護著獨特的秉性
喧嘩裡堆疊自傲和孤冷

淚水中卻清晰可見
柔軟的細緻和
酸楚，那一絲微微的甜

---

[1] 小酸柑（Calamansi）是東南亞一帶盛產的柑橘類果實，也是所有柑橘類當中體型最小巧的一種，外形與金桔極為相似。從一般醬汁的調味或麵食提味，冰凍甜品、飲料等都可見其蹤影。

菲律賓國旗

不管是主義或精神
感召的力量總是宏大甚至廣闊遼遠

而蔚藍和紅
一樣的忠誠和正義
一樣的激情或勇往直前

當戰鬥開始　行為和思想的指南
引領前進

而紅和蔚藍
拿出勇敢的氣概
並忠貞守護 [1]

---

[1]　菲律賓是唯一規定戰亂時期轉換國旗（Pambansang Watawat）格式的國家。

親愛的土地[1]

有一種氣味總在心中激盪
有一種愛強烈而且感受榮耀

對於侵略和破壞不可折服
就算壓力已經到達山岳和峰頂

偉岸或溫柔在妳的懷抱縈繞
每晚,當海風吹來
散發著慈愛的光輝
甚至生生不息的希望

閃耀、光亮源於日月與辰星
彷如永恆的歌頌
從不熄滅

---

[1] 〈親愛的土地〉（Lupang Hinirang）:菲律賓國歌,由胡連·菲立佩
（Julian Felipe, 1861-1944）作曲,並由何塞·帕爾馬（José Palma, 1876-
1903）為其創作了西班牙語的歌詞,一九三八年歌詞被翻譯成他加祿
語,並被菲律賓議會確定為國歌。

孕育著勇敢和智慧的搖籃

上蒼恩賜的愛

第六輯

轉世輪迴後一場美的跌宕

在惦記與忘卻之間
總是選擇
以垂直的姿態出現
並保持等距的美感延伸

鳳梨

一千隻眼
看透人間的快樂和不快樂
人性的隱晦和意味深長

除了將我一刀剖開
地獄始終不空
渡化的深色誓言仍未退卻

青褐，由癡迷到達解脫
既深且遠　顛簸著
纖維印記或好客的裝飾元素
而黃色，由粗糙走向細微
沒有反顧的隕滅
才是徹底覺悟

木製手推車

這裡便是一切吉卜賽
包括風景和陽光

流動版本的家在何處
生活就在何處打卡
找尋與最後得出數相應的圖形
牢記然後點擊
喧鬧或僻靜
都是溫暖的天堂
天堂裡繼續流浪並唾棄淚水

雲的團聚風的細語
大自然高歌和笑靨
完全滿載了心的空間

而幸福和笑聲正從魔幻的水晶球裡
垂直滴落

聖奧古斯丁教堂（San Agustin Church）

巴洛克藝術已發酵了四百年

古老、莊嚴和神聖的價值

與島嶼元素融合一體

堅韌了宗教的崇高位置

文化聳立則預示歲月豐盈的延續

釋放無形和強大

將紋路裝飾、棕櫚葉片及傳統穿戴的

主保聖人　描繪成新約故事的場景

雨和庇護紛紛滴落

等待一場不經意的撫慰

不必張揚　讓風聆聽情感之歌

聖靈的黃昏一對被祝福的愛

以高姿態位置擺動

並體驗神的旨意

將厚實的仁愛、恩慈澆灌心中

而修道的傳播卻覆蓋了
18 世紀管風琴 19 世紀水晶吊燈——
戰役後倖存者所釋出
一抹古老與文明交織下的
美，並蘊含經典

阿多波[1]

所有的經歷

得從淬礪說起

過程就在省略和繁瑣之間搖擺

不管如何翻身

都逃不開被碾壓的命運

而優雅，不過是瞬間

那些浮現的又被淹沒

等待著另一場為所欲為的

風光

---

[1]　阿多波（Adobo）是一道流行於菲律賓的菜餚，其主要食材是雞肉或豬
　　　肉，並用醋、醬油、大蒜和黑胡椒粉、月桂葉等調味。這道菜最主要的製
　　　程是「醃製」。

酸蝦湯[1]

彎曲的軀體已隨歲月摺疊成
一輪迷惘
時光間歇性的流動
也從搖晃回到寧靜

當所有堅持成為宿命後
仍無法分清
滾燙中的酸澀
到底是來自冷漠大地　或
眼眶不經意的一滴
流淌

---

[1] 酸蝦湯（Sinigang na Hipon）是一種菲律賓酸湯，以蝦為主要原料，這道菜還包括各種蔬菜，如白蘿蔔、蛇豆、秋葵和茄子。

紫檀木

皇者的貴氣自然散發
一種祥和沿著崎嶇的掌紋
延伸成蝶形花科中硬重的偉岸
青龍欖仁安東
亞熱帶的常綠，壯志被激活
雄心高五至六丈

失傳已久的故事
娓娓道盡塵世坎坷
憑弔著斧削刀鋸的亡魂
從無我的純樸到渾濁的塵囂
可以是一張八仙桌子
或高級的雕刻藝術
入水即沉卻色深紫黑
依舊堅定不渝信仰自我

不論是長者的威嚴、莊重
或是王道霸氣
終將跟隨著歲月
走入厚重的煙火人間

蘇曼[1]

濃稠而略帶黏性
總是由一團火開始
個別的形象則被排斥於時光之外

顆粒相擁
留下了連接和緊緻的深刻領會
並隨著曙光走入繽紛

而層層疊疊的包容
只能撫慰青春
心總是徘徊失落空蕩無歌
淚水也被歲月逐步蒸騰

阻滯的現實卻無人追問

---

[1] 蘇曼（Suman）是一種菲律賓的粽子。它用糯米或木薯製成，通常包裹在香蕉葉、椰子葉或貝葉棕櫚（Corypha）中進行蒸製。

百勝灘瀑布（Pagsanjan Falls）

（一）

穿越，莊嚴的儀式感

不經意在血液和芒甲裡翻騰

當萬噸湍流沖擊而下

所有尖叫隨著時光

頃刻被淹沒

濕透的涼意逐漸蔓延

並遊走

於心的邊緣

（二）

而爭相起伏

只為尋找轉世輪迴後

另一場美的跌宕

王彬街十題[1]

1 〈馬車〉

踩著昨天的夢

在異地落戶

馳騁的驕矜

卻被框在圖像中

2 〈中藥店〉

抓一帖鄉土

醫兩三閒愁

太多的感情和當歸

歲月三碗煎兩碗

3 〈方塊字〉

剪不斷的情深

在繁複與簡約之間

---

[1]　王彬街，馬尼拉的中國城，也是全世界最古老的中國城之一。

種植美麗

一株不死的倉頡

4 〈蜜餞鋪〉

甜蜜的夢

敵不過年月銷毀的青春

一顆顆回憶

在童真口中融化

5 〈毛筆〉

本是清白身家

為了柔弱的正義

沾染黑暗勢力

一管漸涼的凜然

6〈中國結〉

糾纏不休的舊夢

開遍異鄉

站成一道秀麗江山

誰人可解

7〈中文報〉

喉和舌尖上的新鮮

都從理據中散布

逐漸失守的鉛字

如何突破傳承的境遇

8〈南北橋〉

被烽煙和日子踐踏成

彆扭的恣態

忍辱負重只因
一代彎過一代的尊嚴

9〈冥紙〉

燒一疊憶念
往事如塵埃飄揚
灰燼中的恩和怨
都將成為習俗

10〈垃圾〉

當遺棄的心事
被貼上標籤
形而上或形而下
情景無所辯駁

科雷希多島

當戰火依然濃烈
一隻蝌蚪
潛伏在拇指與食指的縫隙
總是期待著陽光照耀
在星光鼓譟的黑夜

巴丹半島、甲美地和馬尼拉
建立的三角關係仍未成熟
歲月便在無名份的
指掌圍攏和分隔交接處隨之晃蕩
成就了戰場上必爭的彪炳
更控制裝載的奔騰　水的流動

而一句「I Shall Return」
不管佇立或仰望
舒展的姿態和激越情緒
自此萌發，麥帥心中的天秤

從傾斜走向沉穩並預告著變化

終至寫下傳奇
延續為一段守護的人生 [1]

---

[1] 1942年5月6日，科雷希多島（Corregidor Island）上的守軍向日本投降，
美軍由此被迫撤出菲律賓。麥克阿瑟（Douglas MacArthur，1880年1月
26日－1964年4月5日）逃離菲律賓前，留下了「我將會回來（I Shall
Return）」的名言。

巧克力山（Chocolate hills）

色彩開始被浪漫渲染
滴滴淚水終於解放成誓言
不折的軀體化為環繞的布諾蔓山脈
而故事依舊范特西
也可能是一場巨大意氣的爭執
疊加混亂留下的奇觀

地質學上的理論
卻是從月升月墜或花殘花開說起
上千年的雨露對貝殼
岩層及不透水沖擊的後遺徵狀
刷新了群體耳目
1268 個圓錐形的綠
被熱情一鬧竟悉數轉身換裝
為旱地添加褐斑

這裡既沒有甜蜜
迷你眼鏡猴也視覺朦朧
但一切美卻那麼自然的瘋長著
伴隨古老的教堂和盟約紀念碑
為薄荷島前世今生
留下夢幻而真實的一頁

愛妮島（El Nido）

天堂處女地或海上桃花源
都不足為誇耀的理由
美，總是隨著心中的一團火
慢慢燃起並觸發了弦線
彈奏的樂音由無限輕盈來裝點

仙境中的島嶼在蒼翠茂盛和
碧海蕩漾的跑馬燈中輪轉
蝴蝶魚、鷹嘴魚或綠海龜紛紛
展示熱情的呼喚
緩緩而降的斷崖、海床和珊瑚帶
卻在浮潛中享受著寧靜的棲息

請以奇妙的視覺來感受一場
原始生態　起伏於追逐
而隱匿的神祕和虛擬的蛇
不過是上帝巧手的創作

並為這幅無價春光
塑造質樸且誇張的剪影

烤乳豬

虔誠的儀式
在脆香中進入高潮
裝扮的演者仍在忘我的狀態下舞動
熠熠　神祕的暗夜獵手
持續昇華並閃爍
時間和沮喪被喧嘩吞沒

年輕得不成理由
便在炙烤中漫無目的地漂流
所有物質的存在或是循環
都以不同形式和面貌經歷生死
展示無所畏懼的精彩

而遺下的一滴滴哀怨
只能在火光中轉化、蒸騰

米糕[1]

在惦記與忘卻之間

總是選擇

以垂直的姿態出現

並保持等距的美感延伸

既不孤高也不進犯

鬆軟的甜和泛黃的鹹

完美結合

一場累世的恩怨

相逢後豁然　放開並摟抱

親吻

為整個熱情夏天

感受一絲凝望之外的驚喜

---

[1]　米糕（Puto）是一種菲律賓蒸糕，傳統上由輕微發酵的米麵團（galapong）
製成。街邊販售的米糕上面會加上一小塊微鹹的起司，以增加口感。

燉豬血[1]

天地初開後的
一片混沌
將視覺攪和成稀爛
蠢蠢的味蕾卻　欲動
在布滿暗紅的十分驚恐中
尋找草原

魔鬼的血盆正為神祕的夜
添加虛假意象

醞釀著一鍋死神之吻
在沒有任何結構的虛空狀態中
讓心臟持續放大

---

[1] 燉豬血（Dinuguan）是一道用豬內臟、豬血和香料製成的菜餚。這道經典的菲律賓豬血味道濃郁，作為主餐配米飯或午間小吃配米糕（Puto），味道鮮美。

附錄：廿四節氣

煙波裡跌碎的一場夢

來時髮梢有落白晃蕩
走時全身皚皚

一襲神祕的面紗
遮蓋著遠方
冷的，一種距離

立春

春鬧枝頭在冬夜的尾巴上
未嘗不是熱情的宣示
而當大地悉數換上
一片喜樂
冷，便只能靜靜躲於角落
在陽光的鄙視下
慢慢融化

雨水

水，漸漸溢滿了春池
獺祭魚和鴻來雁便成為
一種時髦的姿態
草木萌動，芳心暗許
將由老天眼中的滴滴雨水
來滋養修護並得以逢春

這場甘霖又新生了多少念頭
淋濕了多少情懷
而天空乍暖還冷的預報
欲睡了萬物大地的昏昏
也睏倦了美不勝收的紅妝
雨，仍不多
淚水卻涔涔落下
自春天的眼眸

驚蟄

轟雷驚響
把猶在春夢邊緣的桃花紅和梨花白
悉數喚醒
黃鶯不斷鳴叫春燕歸來
蟄伏了一季的冬
就等今天的意氣昂揚
鵝頸橋底打得塵煙翻滾
只為剝離人間的污蔑
讓邪惡從頭到腳失掉狂野
囂張氣焰碎了滿地

雨水已過，春卻未分
驚艷著大地姿容的清雅
收斂三月淡淡紅妝
究竟是誰
潛藏起花信風的輕薄無禮

又是誰將美人頰上的胭脂淚
唱成春天最美的一闋情歌

春分

把春天一分為二
未免有點煞氣
晝夜平分寒暑平衡
又似乎逃不過儒家中庸的魔咒
走不出潛在蕭瑟的危機

春旱沙塵低溫陰雨
已是今生的宿命
寒，要分　暖，也要分

一場雨水過後耕已踏實
心也踏實
立蛋祭祖放風箏
引領著潮流的指標

而春也終於說出埋藏已久的心事
關於垂絲海棠和紫花地丁

清明

雨水爭相落下，視線外
仙石堆砌的神色為何都已傾斜
叫人困惑
當清洗心中思慮之時
便是踏一片綠色的好日子
順便擺放尊敬情懷
並燃起三炷線香
悔恨隨風而去
愛卻如影跟隨

思念的雨仍淅淅瀝瀝
不曾停過
手中緊握的時光
卻彷如路邊淡雅的雛菊和
清香的百合一般
正逐漸凋萎

穀雨

桑樹上見到的戴勝
怎麼還在忽悠我
雨水一多話題也就多了
心開始暖和，淚開始綿綿
濕了的心事也只能向陽晾乾

沒事沒事
不妨換個軌道讓星星轉移後
風景靚成一幅山水
泡穀雨茶賞牡丹花
待作物泛黃
待紫椿芽綠椿芽香嫩如絲時
就把整個春天採摘下來
一口吃掉

立夏

夏天來了
踩著涼涼的春風
翻上牆頭盪鞦韆
把一夜的繁星都點亮

夏天來了
明媚陽光沸騰一壺人間
溫暖萬物的生長

夏天來了
蚯蚓掘大地的土
螻蟈叫田野的聲
王瓜快速攀蔓藤的爬

夏天來了
把冬衣和冷清
統統收藏

小滿

為了尚未飽滿的底氣
麥子的秋天依約來到
天空寫下情緒
四月的風吹來五月的溫柔
忙碌讓人遇見幸福

山河無恙生機勃勃
有些習俗傳統了現代的農業
觀念吸引美與目光
不管籽粒灌漿或降雨量大
小小的滿最好
免得惹來
一季流動的憂傷

芒種

伯勞開始鳴叫
反舌卻停止了喧鬧
佛說種下前世的情緣
猶如虛幻猶如影子
無相無色擦肩而去

錯過了今生，便錯過了花開

炎熱之時
寒濕再度襲來
有忙的穀類可種
便是一種幸福

錯過了花開
便錯過煙波裡跌碎的一場夢

夏至

當兩極走至傾斜點
最高的位置
近乎完美的天空有一線光
風很輕，隱藏的痛不小心
化作一場淚
北半球的相思很長
夜卻太短

站在北迴歸線的太陽底下
竟找不到潮濕的影子
如同丟失已久的一段戀情
找不到回憶

說是朗晴卻又驟雨
像你眉間那隻打錯的蝴蝶結

小暑

一潮熱浪襲來
從風、從雨、從街頭巷尾的
流言閒語中
翻滾躁動
汗濕了半季的夏

另半季由心靜
慢慢抓住

大暑

三伏的潛規則還在說明
熱已不由分說的襲來
鹹，從腺體經毛孔
將暑季心中的祕密
持續洩露出來

晚上風很羞澀不肯露臉
樹蔭下沒涼可乘
數盞點亮的燈仍在敗草腐葉上
尋找食物

四周燥濕雨熱同行
隨時大笑大哭
而繁星正忙得不可開交
移動的身體似乎在告訴我
那滿天灑落的晶瑩
不過是一場情深的呼喚

立秋

也不是酷熱與涼爽的分水嶺
暑氣難消秋燥的餘威仍在
盛陽開始變臉
陰氣漸漸求進
莊稼從繁茂假裝蕭索
意味著冷漠的來到

所謂白露生、寒蟬鳴
不過是一場謊言
只有無知的葉子
仍蠢蠢的立下投名狀
宣示著對秋天不變的忠誠
並準備跨越
生命中一場必然的痛

處暑

鬼門開　燈篙豎
就接近暑的盡頭
牽掛的人早已隨記憶走入尋常
不覺不隱無力攪動春水
難熬的火炙也逐漸走遠
卻短暫回熱返來一隻猛虎

煲涼茶　放河燈
前世的風情仍未覺醒
臨江的留戀卻不惜飄零
是煙消情散還是蛻變為蛙
整夜鼓譟令波瀾躍動

濃烈的撲朔已然離去
三伏也接近尾聲
只有蜷縮著的恩怨
仍在前端遙遙相望

白露

今夜，露始終不白
而月亮，除了故鄉之外他鄉也一樣
圓的濕潤，白的
凝固或破裂

秋屬金　露水若霜
不管河畔的蘆葦搖頭還是嘆息
清晨的露水乾澀或流淚
夢就在前方縹緲
上游或下游
中央或草地
抓住了又抓不著

一種空靈蘊藉一種美
不黏不滯

秋分

且把秋天的景色各分一半
枯萎一半盛開一半
綠色一半黃色一半
菊黃一半蟹肥一半
晝一半夜一半
風一半雨一半
情一半心一半

一半秋高一半氣爽
一半丹桂一半飄香
一半凝固一半幻滅
聚和散循環不斷

還有那一圈圈周期等待著
綻放的一半凋零的一半

寒露

冷的勢力已愈強大
侵犯意圖明確
從先秦兩漢一路南下
過淮河到達黃經 195 度
將溫差拉長乾燥明顯
吃芝麻，當然不必開門
賞楓葉，由不良到均衡再到紅潤
其營養成分的分析必要
歷經一番轉折
坎坷過程只有秋天
才能深刻體會

至於露水寒不寒的問題
除了樹葉、晨光和氣象學家外
沒人可以解釋濕度和氣流的
關係，一段愛的故事

我把深秋握在手中
感受到潤肺生津菊花一片開放
只是尚有幾分蕭索

霜降

秋漸老人漸涼
十月無霜可降，不凍
一樹蕭瑟紛紛揚揚
由綠轉黃
枯萎了草木的本心

賞菊吃柿子登高眺望
繁華愈走愈遠
如果注定了飄零
又何必一再回頭
編織破碎的憂愁

就像流雲離別了天空
淚水離別了眼眶
想念的時候
深秋正襲上心頭

立冬

立下冬天的盟約
見證深秋漸行漸遠
冷，姍姍不來
如何為萬物添加寒意
而雪花將飄未飄卻隱晦了晨光的一線
麻油雞薑母鴨和羊肉爐
都已過時
刷新思維的養生之道
在數群網紅裡揭開序幕

閉藏　休養　生息
昨夜的陋巷傳來今朝的煙火
下鍋熬煮濃濃悲歡
犒賞的滋味已經忍不住溢出
只好選擇在今天
把破裂了的冬
盡快補綴一下

小雪

小雪初晴了卻又未晴
陰氣下降天地閉塞
冷的，一種常態

雪下得很小氣　甚至沒有
倚靠窗前
看一朵兩朵飄落的白花
簌簌　心情逐漸化開

來時髮梢有落白晃蕩
走時全身皚皚

一襲神祕的面紗
遮蓋著遠方
冷的，一種距離

大雪

一個概念或比喻
也可以是水氣遇冷
或心情起伏的達人秀
寒號鳥已不再鳴叫
馬蘭花也抽出新芽

反映紛飛變化
有些細微注定錯失
而某些情節終究凝結
新釀的酒香撲鼻而來
小火爐是否紅泥做的
誰在意呢
你來或不來，寒梅都要醉倒
只有門外的冷一朵朵綻放後
又開始凋謝

冬至

春的路途尚遠
凜冽的寒風從遠古
一直吹到現代
仍不稍息
雪打算阻我歸程
卻阻隔不了我的歸心

雪松的影子把時日一天天拉長
枯葉已瘦，思念太肥
菜籃子裡早已裝滿母親的嘮叨
牆角父親的農具也出現鏽斑
屋外那條黃狗
正追尋著昨天丟失的往事

未及卸下行裝
便先來一碗團圓

重組分散後的心情
讓時光完整

小寒

動了陽氣大雁只好向北遷移
喜鵲仍努力築巢
不管鳩鳥來不來占
雉雞的鳴叫據說與日月無關
與飛花也無關

冷是冷了點卻還不至於
凍成一團
今日小寒，只是小
小於天地寬於心境
至於寒
卻是人情冷暖和節奏的變化
不影響東風吹雨
更不影響相思

大寒

太陽隱藏於黃經的 240 度
溫暖漸漸被遮蓋
卻不見寒冷不見霜降
亞熱帶的夜晚
斗柄指向激烈
如此刻懷抱熾熱的柔情

準備火爐
不過是一場神話或者謊言
故事和風景必須延續
純真和潔淨圍繞著四方
而天，始終不雪
不雪是今夜的馬尼拉

堅持凍的覺醒　看時間如何
將熱點爆炸將誠意燃放

讓歲月重返那些年
我們一起淚過的日子

今夜大寒，心事
開始萌芽並且滋生

語言文學類　PG2942　秀詩人112

馬尼拉，凝望之外的驚喜

作　　　者 / 蘇榮超
責 任 編 輯 / 洪聖翔
圖 文 排 版 / 黃莉珊
封 面 設 計 / 王嵩賀

發　行　人 / 宋政坤
法 律 顧 問 / 毛國樑　律師
出 版 發 行 / 秀威資訊科技股份有限公司
　　　　　　114台北市內湖區瑞光路76巷65號1樓
　　　　　　電話：+886-2-2796-3638　傳真：+886-2-2796-1377
　　　　　　http://www.showwe.com.tw
劃 撥 帳 號 / 19563868　戶名：秀威資訊科技股份有限公司
　　　　　　讀者服務信箱：service@showwe.com.tw
展 售 門 市 / 國家書店（松江門市）
　　　　　　104台北市中山區松江路209號1樓
　　　　　　電話：+886-2-2518-0207　傳真：+886-2-2518-0778
網 路 訂 購 / 秀威網路書店：https://store.showwe.tw
　　　　　　國家網路書店：https://www.govbooks.com.tw

2023年5月　BOD一版
定價：300元
版權所有　翻印必究
本書如有缺頁、破損或裝訂錯誤，請寄回更換

讀者回函卡

國家圖書館出版品預行編目

馬尼拉, 凝望之外的驚喜 / 蘇榮超著. -- 一版. --
臺北市 : 秀威資訊科技股份有限公司,
2023.05
　　面 ;　　公分. -- (語言文學類)(秀詩人 ; 112)
BOD版
ISBN 978-626-7187-87-6(平裝)

851.487　　　　　　　　　　　　112005635